Eigentlich will Isabelle nur für ein paar unbeschwerte Tage in den Urlaub nach Italien fliegen. Doch dann bricht der ältere Herr, der ihr am Bahnhof zum Flughafen freundlicherweise den Koffer zu den Gleisen hinaufträgt, plötzlich tot zusammen. An Urlaub ist daraufhin für Isabelle nicht mehr zu denken. Denn nicht nur fühlt sie sich unschuldig schuldig an dem Tod des Unbekannten, sondern sie möchte auch unbedingt herausfinden, wer der Verstorbene gewesen ist. Und damit gerät sie in eine ebenso ungeheuerliche wie geheimnisvolle Geschichte, die ihr gewohntes Leben völlig durcheinander rüttelt.

FRANZ HOHLER wurde 1943 in Biel, Schweiz, geboren, er lebt heute in Zürich und gilt als einer der bedeutendsten Erzähler seines Landes. Franz Hohler ist mit vielen Preisen ausgezeichnet worden, u.a. erhielt er 2002 den Kasseler Literaturpreis für grotesken Humor, 2005 den Kunstpreis der Stadt Zürich und 2014 den Johann-Peter-Hebel-Preis.

Franz Hohler

GLEIS 4

Roman

btb

Verlagsgruppe Random House FSC® N001967
Das für dieses Buch verwendete FSC®-zertifizierte
Papier *Lux Cream* liefert Stora Enso, Finnland.

1. Auflage
Genehmigte Taschenbuchausgabe Januar 2015,
btb Verlag in der Verlagsgruppe Random House GmbH, München
Copyright dieser Ausgabe © 2013 Luchterhand Literaturverlag,
München, einem Unternehmen der Verlagsgruppe Random
House GmbH, München
Umschlaggestaltung: semper smile, München nach einem Umschlagentwurf von buxdesign, München unter Verwendung eines
Motivs von © plainpicture / AWL
Druck und Einband: CPI – Clausen & Bosse, Leck
KS · Herstellung: sc
Printed in Germany
ISBN 978-3-442-74832-7

www.btb-verlag.de
www.facebook.com/btbverlag
Besuchen Sie auch unseren LiteraturBlog www.transatlantik.de

1

»Darf ich Ihnen den Koffer tragen?«

Hätte sie geahnt, was dieser Satz für Folgen hatte, sie hätte abgelehnt, höflich, aber entschieden, sie wäre ihrer kleinen Stimme, die sie zu hören glaubte und die ihr zuraunte: »Nicht!« gefolgt, hätte rechtsum kehrtgemacht und schnellen Schrittes ihren Rollkoffer hinter sich hergezogen, bis ins Bahnhofscafé, um der unerwarteten Freundlichkeit eines fremden Mannes zu entgehen. Hinterher lässt sich so etwas gut denken, aber im Moment sprach nichts gegen die Annahme dieser Hilfe.

Isabelle war unterwegs zum Zürcher Flughafen. Sie wollte zwei Wochen in Stromboli verbringen und hatte einen Flug nach Neapel gebucht. Da sie in der Nähe des Bahnhofs Oerlikon wohnte, fuhr sie jeweils von dort aus mit der S-Bahn zum Flughafen. Vorher hatte sie noch in der Apotheke Medikamente geholt und stand nun in der Unterführung, von der aus die Treppen zu den Perrons hinaufführten. Zu spät hatte sie daran gedacht, ganz nach hinten zum Ende der Geleise zu gehen, wo es schräg ansteigende Auf- und Abgänge ohne Treppen gab, und erst als sie die Stufen vor sich sah, die ihr so steil und feindlich vorkamen wie noch nie, merkte sie, wie schwer ihr Koffer eigentlich war, und ärgerte sich, dass ein so stark frequentierter Bahnhof wie dieser immer noch nicht über Rolltreppen verfügte, sondern wie die Provinzstation behandelt wurde, die sie vor hundert Jahren einmal war. Sie hatte eine Operation hinter sich und wusste, dass sie mit dem Tragen von Lasten vorsichtig sein sollte.

Wieso also nicht ja sagen, wenn ein gut gekleideter graumelierter Herr mit einem Bärtchen, der ihr Aufseufzen bemerkt haben musste, sich anerbot, ihren Koffer die Treppe hochzutragen? Sie war knapp dran, wie meistens, wenn sie auf Reisen ging, ihr Zug fuhr in drei oder vier Minuten, und da stand dieser Herr da wie ein Gentleman der alten Schule, dem Hilfsbereitschaft ein nobles und selbstverständliches Gesetz war – kein Grund also, abzulehnen, nichts Falsches, wenn sie »Oh, danke!« sagte.

Und als er die kleine Mappe, die er bei sich trug, von der rechten in die linke Hand wechselte, den Koffergriff anfasste und das Gepäckstück mit einem leichten Ruck hochhob (war er doch etwas erstaunt über das

Gewicht?), dabei ein bisschen mit dem herausragenden Zugbügel zu kämpfen hatte, der sich ihm unter die Achsel schob, fragte sich Isabelle, ob sie ihn schon irgendwo gesehen hatte, oder an wen er sie erinnerte.

Aber es kam ihr nur jener Mann in den Sinn, welcher sie und ihre Freundin, die als junge Frauen nach London gereist waren und am Morgen mit einem Stadtplan vor ihrer Hotelpension standen, gefragt hatte: »Can I help you?« Er hatte ihnen den kürzesten Weg zur Westminster Abbey erklärt und war dann weitergegangen.

Diese Freundin erwartete sie jetzt in Stromboli. Sie hatten dort für drei Wochen ein kleines Haus gemietet, in dem sie zusammen ihre Ferien verbringen wollten, doch dann war der Spitalaufenthalt dazwischengekommen, und nun reichte es Isabelle noch für zwei Wochen; die waren ihr zur Erholung von der Operation sehr willkommen.

Gallensteine hatte sie sich entfernen lassen, als die Koliken immer unerträglicher wurden und die medikamentöse Behandlung wirkungslos blieb. Alles war gut verlaufen. Die entfernten Steine hatte man ihr in einem Gläschen überreicht, etwa ein Dutzend waren es, kantige, runde, zentimeterdick vielleicht, sie könne sich ja, hatte Isabelle mit der Krankenpflegerin gescherzt, eine Halskette daraus machen lassen, aus Gallenperlen, das wäre doch etwas Neues. Natürlich war sie froh gewesen, dass beim Eingriff nichts Bedrohliches entdeckt worden war, und nach einer schonend verbrachten Woche zu Hause fühlte sie sich der Reise gewachsen und freute sich darauf.

Sie stieg hinter dem unverhofften Helfer die Treppe hoch, öffnete dazu die Handtasche, um sich zu versichern, dass die Fahrkarte und der Beleg für ihre Buchung darin waren und nickte, als sich der Herr umdrehte und sie fragte: »Zum Flughafen?« Auf Gleis 5 war die S-Bahn nach Rapperswil angekündigt, auf Gleis 4 diejenige nach Effretikon via Flughafen.

Der Mann rollte den Koffer zum Rand des Bahnsteigs, ließ ihn stehen und machte eine galante Geste zu Isabelle hin. »Vielen Dank«, sagte sie, »das war aber sehr nett.« Der Angesprochene nickte lächelnd, doch anstatt den Kopf wieder hochzuheben, ließ er ihn auf die Brust sinken, hielt sich einen Moment am Kofferbügel fest und fiel dann der Länge nach hin. Sein Schädel schlug mit einem bösen Geräusch auf dem Boden auf, und er blieb mit geöffnetem Mund und geschlossenen Augen liegen. Der eine Arm ragte ein bisschen über die Bahnsteigkante hinaus, auch die Mappe wäre beinahe auf das Geleise hinuntergefallen.

Isabelle entfuhr ein Schreckenslaut, sofort eilten einige Leute herbei, Isabelle kniete neben dem Mann nieder und beugte sich zu seinem Gesicht. »Hallo, hören Sie mich?« fragte sie ihn. Er öffnete seine Augen, die irgendwohin ins Weite schauten, und als er auf ihren

Blick traf, sagte er leise: »Bitte ...« Der einfahrende Zug pfiff, als erschrecke er selbst, und jemand ergriff schnell die Hand des Mannes und legte sie ihm auf seine Brust. Eine Frau nahm die Mappe von der Perronkante auf und stellte sie auf Isabelles Koffer.

Ein junger Mann mit pomadisierten Haaren rief auf seinem Handy die Ambulanz. Ein anderer rannte die Treppe hinunter zum Bahnhofsgebäude hinüber. Zwei asiatische Touristen hasteten am Verletzten vorbei auf die S-Bahn, die ungerührt und pünktlich abfuhr.

Isabelle erkannte den Tod sofort. Sie war Stationsleiterin in der Pflegeabteilung eines Altersheims und hatte schon viele Menschen beim Sterben begleitet. Sie suchte den Puls des Unbekannten, fühlte keinen mehr, hielt ihr Gesicht so nahe wie möglich an seinen Mund, ohne einen Atemzug zu spüren, öffnete ihm dann unverzüglich das Hemd und versuchte es mit einer Herzmassage, aber sie merkte, dass sie keine Chance hatte, ihn zurückzuholen.

Zwei Bahnangestellte kamen mit einem weißen Zelt, fragten in die Runde, ob jemand die Ambulanz benachrichtigt habe. Der junge Mann bejahte, und dann fragten sie Isabelle, ob sie fachkundig sei. »Ausgebildete Pflegefachfrau«, sagte sie kurz, während sie mit der Massage fortfuhr, und die Bahnangestellten richteten ihr Zelt über ihr und dem Liegenden auf und baten die Leute, weiterzugehen.

Die Rettungssanitäter, die nach zehn Minuten eintrafen, hatten einen Defibrillator, einen Beatmungsbeutel mit Sauerstoff und ein Infusionsbesteck dabei, aber Isabelle winkte ab, sie hatte die Massage schon abgebrochen. Eine Ärztin aus der Permanence-Praxis gleich beim Bahnhof, die ebenfalls von jemandem gerufen worden war, stellte den Tod des Mannes fest. Sie sagte zu Isabelle, dass es ihr sehr leidtue und fragte sie, wie es denn genau passiert sei. Er habe ihr den Koffer die Treppe hochgetragen und sei dann kollabiert, sagte sie. Ob er Herz- oder Kreislaufbeschwerden gehabt habe, fragte die Ärztin weiter, und war etwas erstaunt, als Isabelle zur Antwort gab, sie habe keine Ahnung, und dann erst hinzufügte, dass sie sich gar nicht kannten.

Nun betraten zwei junge Streifenpolizisten das Zelt und ließen sich über das Geschehene informieren. Draußen ging der Normalbetrieb weiter, Züge hielten an, Leute stiegen aus und ein, manche blieben neben dem Zelt stehen und versuchten einen Blick ins Innere zu werfen. »Sicher ein Selbstmord«, war einmal zu hören, oder »Nein, es ist einer zusammengebrochen«, Mutmaßungen, die sich über das Geräusch der aufsetzenden Schuhe legten, das bei der Ankunft eines Zuges dem Trampeln einer Schafherde glich, Durchsagen ertönten, »Achtung, Zugdurchfahrt auf Gleis 5!«, gefolgt vom Lärm eines vorbeibrausenden Schnellzuges, der jedes Gespräch zudröhnte.

Der eine der Polizisten kniete nun nieder und griff dem Toten in die Jacke seines Anzugs, auf der Suche nach einer Brieftasche oder einem Kreditkartenetui oder sonst etwas, aus dem sich seine Identität ablesen ließe. »Seltsam«, sagte er, nachdem er alle Taschen abgesucht hatte, »gar nichts, kein Ausweis«. Er bat die Sanitäter, den Mann etwas zur Seite zu drehen, sodass er ihm sein Portemonnaie aus der Gesäßtasche ziehen konnte, doch da war auch kein Portemonnaie. In der rechten Hosentasche fand sich ein kleiner Schlüssel und ein weißes Taschentuch mit einem blauen Rand und den Initialen M B. »Das ist nicht gerade viel«, sagte er, während sein Kollege, dem er den Schlüssel gegeben hatte, sagte, »kopierfähig«. Ein Allerweltsschlüssel also. Ob er nichts bei sich gehabt habe, Gepäck oder so, fragte er, doch Isabelle war nicht in der Lage, wirklich hinzuhören, und von den Zufallspassanten war niemand mehr da.

Und sie habe ihn also nicht gekannt, wandte sich einer der Polizisten nun an Isabelle. Nein, sagte diese und musste nochmals erzählen, was vorgefallen war, und obwohl sie beteuerte, sie habe mit dem Verstorbenen nicht das geringste zu tun, wollte er ihre Personalien, ihre Adresse mit E-Mail, Telefon und Handy-Nummer sowie die Nummer ihres Arbeitgebers wissen und bat sie, sich noch für eine Befragung zur Verfügung zu halten.

Dann sprachen fast alle gleichzeitig. Die Sanitäter fragten, ob sie aufbrechen konnten oder ob sie den Toten gleich in die Gerichtsmedizin bringen sollten, die Ärztin wollte wissen, ob der Totenschein vom Amtsarzt erstellt werde, der eine der Polizisten versuchte diesen zu erreichen, der andere informierte die Fahndungsabteilung und fragte nach einem Staatsanwalt, und als auf Gleis 5 wieder ein Schnellzug durchdonnerte und alle ihre Stimmen anhoben und sich die telefonierenden Polizisten mit einer Hand das freie Ohr zuhielten, nahm Isabelle ihren Rollkoffer und verließ unbemerkt und ohne sich zu verabschieden das Zelt.

Auf Gleis 4 war der nächste Zug zum Flughafen angekündigt, er kam zwei Minuten später, und Isabelle stieg ein. Erst als sie drin war, merkte sie, dass die kleine Mappe noch auf ihrem Koffer lag. Unmut stieg in ihr auf, und da sie ihren Flug nicht verpassen wollte, ging sie nicht nochmals zurück ins Zelt, sondern öffnete den Reißverschluss ihres Koffers und schob die Mappe hinein.

Wie viel Zeit sie mit dem Zwischenfall verloren hatte, wurde ihr erst klar, als man ihr am Check-in-Schalter bedauernd sagte, ihre Maschine sei bereits gestartet.

2

Isabelle saß an ihrem Küchentisch, hob das Säcklein mit dem Verveinetee aus der Tasse, wusste nicht, wohin damit, stand auf und legte es auf das Abtropfbrett der Spüle, setzte sich, sah die Tropfspur auf dem Tisch, stand wieder auf und riss ein Haushaltpapier von der Rolle, wischte die Tropfen auf, zerknüllte es und legte es neben sich, rührte mit dem Löffel den Zucker um und nahm dann einen Schluck.

Eigentlich müsste sie jetzt in Neapel sein, unterwegs zum Hafen, wo die Aliscafi nach den Liparischen Inseln anlegten. Am Schalter der Airline hatte sich herausgestellt, dass die nächsten möglichen Flüge alle entweder über Frankfurt, Amsterdam oder Paris gingen, mit langen Wartezeiten, und Neapel so spät erreichten, dass sie dort übernachten müsste und erst tags darauf ein Boot nehmen könnte. Dazu fühlte sie sich nicht in der Lage und hatte sich von einem Taxi nach Hause bringen lassen. Schon nur der Gedanke, zuerst nordwärts fliegen zu müssen, um in den Süden zu gelangen, hatte sie entmutigt.

Dann war sie nochmals zum Bahnhof gegangen.

Das Zelt war noch da, und einer der jungen Polizisten stand davor und war sehr froh, sie zu sehen. Er hätte sie nicht gehen lassen dürfen, sagte er und bat sie in das gläserne Wartehäuschen auf dem Perron, aus dem er ein älteres Paar hinausschickte. Als er sich entschuldigte und sagte, das sei eben sein erster AGT, tat er Isabelle fast ein bisschen leid. Was denn ein AGT sei, fragte sie. Ein außergewöhnlicher Todesfall, und dann musste sie nochmals erzählen, wie sich dieser genau abgespielt hatte. Der Polizist schrieb auf einem Formular mit, das er auf einer Mappe auf den Knien hatte, ihre Personalien waren schon eingetragen, die Leute, welche draußen auf ihre Züge warteten, warfen neugierige Blicke hinein, und zuletzt unterschrieb Isabelle das Befragungsprotokoll.

Nun saß sie wieder zu Hause und nahm nochmals einen Schluck Tee. Auf einmal war sie unglaublich müde. Der Schrecken über den plötzlichen Tod, mit dem sie so unselig verkettet war, die Aufregung und die Enttäuschung über den verpassten Flug ließen sie spüren, dass ihre Gesundheit doch noch nicht so robust war, wie sie sich erhofft hatte. Wieso hatte sie den Ausdruck »postoperativ«, den sie in ihrem Beruf so oft benutzte, nicht auf sich selbst anwenden wollen? Auf einmal kam ihr die geplante Reise, auch wenn sie diese einfach um einen Tag verschieben würde, als krasse Überforderung vor. Was sie brauchte, war eine ruhige Zeit ganz in der Nähe, in Braunwald in den Glarner Bergen, oder am Vierwaldstättersee, in Weggis vielleicht, aber wenn sie schon nur an das Rütteln eines Tragflügelbootes bei unruhigem Wellengang dachte, wurde ihr halb schlecht.

Sie nahm die Tasse, stellte sie in ihrem Wohnzimmer auf den kleinen Glastisch und legte sich mit einem Seufzer, der schon fast ein Stöhnen war, auf die Couch. Sie schloss die Augen und atmete tief. Gleich würde sie ihre Freundin anrufen müssen, und sie würde ihr nicht sagen, dass sie erst morgen komme, weil sie ihren Flug verpasst habe, sondern sie würde ihr sagen, dass sie überhaupt nicht komme.

Als sie wieder erwachte, war es späterer Nachmittag, und sie brauchte eine Weile, um sich wieder zurechtzufinden. Sie war es nicht gewohnt, tagsüber zu schlafen und hatte einen schweren Kopf. Im Badezimmer ließ sie das Wasser aus dem Hahn laufen, bis es ganz kalt war, hielt dann beide Hände darunter und kühlte sich damit das Gesicht. Danach rieb sie sich mit einem Frottiertuch trocken und schaute sich im Spiegel an.

Sie sah eine Frau zwischen vierzig und fünfzig, mit schwarzem Kraushaar, blauen Augen, einer Stupsnase und ganz leichten Sommersprossen. Mit diesem Gesicht war Isabelle durchaus zufrieden; überhaupt gefiel sie sich so, wie sie war, außer dass sie gern ein paar Kilo weniger gehabt hätte. Im Übrigen wurde sie öfters jünger eingeschätzt, dabei hatte sie eine 22jährige Tochter.

Was ging in einem Mann vor, der dieser Frau im Spiegel behilflich sein wollte? Wollte er sich bei ihr einschmeicheln? Wollte er sie kennenlernen? Wäre er mit ihr zum Flughafen gefahren? Hätte er sie um ihre Adresse gebeten? Oder wollte er einfach ohne jeden Hintergedanken freundlich sein und der Frau, die mit einem Koffer etwas hilflos am Fuß einer Treppe stand, einen Dienst erweisen? Denn dass sie eine Frau war, spielte zweifellos mit, er sah aus wie jemand, der einem auch in den Mantel helfen würde, jemand, der über Umgangsformen verfügte und der mit Vergnügen in die alte und heute etwas vergessene Rolle des Gentleman schlüpfte.

»Hätte ich mir, wenn ich ein Mann wäre, auch geholfen?« fragte sich Isabelle, merkte jedoch, dass ihre Vorstellungskraft bei dieser Frage versagte. Tatsache war, ihr hatte jemand geholfen, ein fremder Mann, und war dann oben auf der Treppe tot zusammengebrochen. Hatte er sich mit dem Gewicht des Koffers zu viel zugemutet? Aber so schwer war dieser nun auch wieder nicht, ohne ihre Operation hätte sie das locker geschafft. Wäre der Mann auch gestorben, wenn er ihr nicht den

Koffer getragen hätte? Ein Herzversagen, wenn es denn das war, kommt ja nicht aus dem Nichts, das baut sich auf, Kreislaufprobleme, Herzrhythmusstörungen, zu hoher Blutdruck, oder sogar ein Herzklappenfehler, möglicherweise nicht diagnostiziert, schwere Sorgen, Stress ... Der Mann hatte nicht gewirkt, als ob er im Stress wäre, dann wäre er auch kaum auf die Idee gekommen, jemandem einfach so zu helfen. Sein Alter? Nicht ganz leicht zu schätzen, doch eher älter, als er sich gab. Ein Bärtchen strafft das Aussehen und verbirgt Hautfalten, aber als sie ihm die Hand von der Brust genommen hatte, um sein Hemd zu öffnen, das fiel ihr jetzt ein, hatte sie braune Leberflecken und Runzeln darauf gesehen, also bestimmt über sechzig, um die siebzig eher, bei entsprechendem Vorleben ohne weiteres Zeit für ein Herzversagen, das ja auch bedeutend Jüngere trifft. Isabelle suchte dringend nach Gründen, warum nicht sie und ihr Koffer die Hauptschuldigen sein konnten.

Ihre Freundin war furchtbar enttäuscht, als Isabelle ihr am Telefon mitteilte, dass sie nicht kommen konnte. Bei der Schilderung des fatalen Vorfalls geriet sie ins Stocken und brach auf einmal in Tränen aus. »Ich konnte es nicht wissen!« rief sie weinend in den Hörer, »nicht wahr, Barbara, ich konnte es nicht wissen?« Barbara versuchte sie zu beruhigen. Auf keinen Fall habe sie das wissen können, das sei doch klar, und sie habe den Mann ja nicht gebeten, er habe es offenbar von sich aus getan, freiwillig, ein Gutmensch eben. Isabelle hörte auf zu weinen. Nein, sagte sie entschieden, nein, ein Gutmensch sei das nicht gewesen, eher der Typ mit perfekten Manieren.

Ob sie denn nicht vielleicht ein paar Tage später noch fahren wolle, fragte ihre Freundin, es sei prächtiges Spätsommerwetter und das Meer angenehm warm, doch Isabelle erklärte ihr, wie ihr erst durch dieses Malheur klar geworden sei, dass sie noch viel zu rekonvaleszent sei für eine solche Reise und bat sie um Entschuldigung.

Nach diesem Gespräch war sie erschöpft, aber auch erleichtert, als hätte sie geschenkte Zeit vor sich, legte sich nochmals etwas hin, ohne einzuschlafen, und ging dann in die Küche, um sich ein Essen zuzubereiten. Da sie sich auf eine zweiwöchige Abwesenheit eingestellt hatte, war nichts Frisches mehr da, und sie machte sich einen Teller Makkaroni mit einer Sauce aus der Büchse, öffnete dazu auch ein Zweideziliterfläschchen Chianti. Der war eigentlich als Kochwein vorgesehen, aber sie hatte Lust auf einen Hauch von Italien, pasta e vino, und hob das Glas vor sich in die Höhe. »Prost Barbara«, sagte sie, trank dann einen Schluck und machte sich hungrig über die Nudeln her.

Als sie die Hälfte gegessen hatte, hörte sie aus dem Korridor ihr Handy klingeln. Sie erhob sich, ging zur Garderobe und holte den Apparat aus ihrer Manteltasche. Er war ausgeschaltet. Nun merkte sie, dass das

Klingeln aus ihrem Koffer kam, der immer noch ungeöffnet dastand. Sie kippte ihn auf den Boden, kniete nieder, machte ihn auf und sah zuoberst die Mappe, die sie im Zug zum Flughafen schnell hineingelegt und dann in der ganzen Verwirrung vergessen hatte. Jetzt verstummte das Klingeln, aber es gab keinen Zweifel, dass es aus der Mappe gekommen war, denn ein zweites Handy besaß sie nicht.

Isabelle bekam eine Gänsehaut. Da war ein Anruf für einen Toten. Und sie hatte nichts damit zu tun. Vorsichtig nahm sie die Mappe heraus, erhob sich und legte sie auf den Hocker, der im Gang stand. Sie blieb einen Moment stehen. Nein, die Mappe ging sie nichts an. Gleich nach dem Essen würde sie damit zur Polizei fahren und sie abgeben. Sie ging zurück in die Küche, setzte sich vor ihren Teller, aber sie hatte keinen Hunger mehr. Dann stand sie auf, ging wieder in den Korridor, öffnete den Reißverschluss der Mappe, spreizte sie mit der linken Hand auseinander und angelte neben einer Zeitung das Handy heraus, ein weinrotes Sony Ericsson, dieselbe Marke wie ihr eigenes. Wenn man nicht wusste, wer der Tote war, dachte sie, dann wäre ein eingeschaltetes Handy eine wichtige Spur. Sie entsperrte es, und auf dem Display, das nun aufleuchtete, sah sie als Erstes das rote Signal bei der Ladungsanzeige. Würde der Akku zusammenbrechen, wäre bestimmt auch der Code weg, den niemand kannte, und ohne Code wäre das Gerät nicht mehr zu gebrauchen. Gar nichts hatte sie tun wollen, und nun tat sie doch etwas. Sie holte ihr Ladegerät, steckte es in das Handy des Fremden ein, es passte, und schloss es dann an die Steckdose im Badezimmer an, die sie sonst für den Haarföhn benutzte. Sogleich bewegte sich auf dem Bild das Zeichen für den Ladevorgang.

Isabelle setzte sich nochmals vor ihren Teller in der Küche, trank aber nur einen Schluck Wein. Wenn sie nichts mit dem Toten zu tun hatte, wieso lud sie dann sein Handy auf? Klar war, dass dies sofort getan werden musste, denn bis sie auf dem Polizeiposten wäre, wären die Funktionen des Geräts vielleicht schon erloschen und der Kontakt mit dem Umfeld des Mannes verloren. Isabelle stützte den Kopf in ihre Hände. Es ging sie eben doch etwas an. Sie hatte erste Hilfe geleistet, und nun musste sie auch zweite Hilfe leisten.

3

Da Isabelle nicht recht wusste, was sie mit dem Rest des Tages anfangen sollte, hatte sie begonnen, ihren Koffer wieder auszupacken und stand gerade mit drei Blusen vor ihrem Kleiderschrank, als sie das Handy im Badezimmer klingeln hörte. Sie legte die Blusen auf ihr Bett, eilte ins Badezimmer und blieb dann zögernd stehen. Wieder wollte jemand den Toten anrufen. Den Toten, nicht sie. Sie ging dieser Anruf nichts an. Aber wer immer es sein mochte, er sollte wissen, dass der Angerufene tot war. Sie griff nach dem Handy, drückte auf die grüne Empfangstaste und hob das Gerät an ihr Ohr. Zu spät, der Anrufer hatte aufgehängt.

Isabelle ärgerte sich. Das wäre eine Spur zum Verstorbenen gewesen. Sie hätte geholfen, zu klären, wer er war. Ein bisschen seltsam war es ja schon, dass jemand herumlief, ohne irgendein Dokument bei sich zu tragen.

Dann dachte sie daran, wie sie einmal noch schnell die Jacke gewechselt hatte, bevor sie wegfuhr, und bei der Kontrolle in der Straßenbahn weder ihre Monatskarte noch irgendeinen Ausweis dabeigehabt hatte. Natürlich war so etwas möglich, aber dennoch schien es ihr merkwürdig, wenn sie an diesen Mann dachte. Er hatte nicht ausgesehen, als ob er noch schnell die Jacke gewechselt hätte.

Wer mochte der Anrufer sein? Oder die Anruferin? Und wie würde sie reagieren, oder er, auf die Nachricht, dass der Angerufene tot war? Es wäre nicht das erste Mal, dass sie jemandem mitteilen müsste, ein Angehöriger sei gestorben. Im Altersheim kam das immer wieder vor. Aber da waren die Söhne und Töchter darauf gefasst, und man wusste von allen Bewohnern, wer zu verständigen sei.

Das Handy war noch nicht fertig aufgeladen.

Auf einmal kam ihr in den Sinn, dass ihre Tochter noch nicht Bescheid wusste. Sie setzte sich ins Wohnzimmer, wo ihr Telefon auf einem Tischchen stand, und wählte die Nummer. Besetzt.

Der Kugelschreiber und der leere Block neben dem Apparat verlangten nach einer Notiz.

Zeitung? Post? schrieb sie untereinander. Sie hatte die Zeitung für 14 Tage abbestellt und die Post zurückbehalten lassen. Morgen würde sie sich überlegen müssen, ob sie daran etwas ändern wollte. Hierbleiben, als ob sie gar nicht da wäre, schien ihr auch ganz reizvoll, ins Kino gehen, wozu sie sonst meistens zu müde war, und ins Hallenbad, oder in ein Konzert. Ihre Schwester wohnte im Toggenburg und sprach manchmal mit einem gewissen Neid davon, wie toll es sein müsse, in der Stadt zu wohnen, mitten im großen Vergnügungskuchen, wie sie sich ausdrückte, und Isabelle fragte sich dann, ob sie eigentlich von diesem Kuchen genügend esse. Das Tessin kam ihr in den Sinn, ihr Cousin und seine Frau hatten dort ein Ferienhaus, im Verzascatal, hatten sie schon einmal dorthin eingeladen und wurden nicht müde, ihr das Haus für einen Aufenthalt anzubieten, wann immer es sie gelüste. Sie war aber nicht ganz sicher, ob sie sich dort entspannen konnte, denn es musste alles genau so sein, wie es sich ihr Cousin vorstellte, an jeder zweiten Schranktür klebte ein Zettel mit Anweisungen für die Gäste, die Benützung von Dusche, Kochherd und Waschmaschine war an ganz bestimmte Regeln geknüpft, die mit 1., 2., 3. aufgeführt wurden, es galt, zusätzliche Hahnen und Vorsatzventile auf- und nach Gebrauch wieder abzudrehen, sodass Isabelle das Gefühl hatte, sie würde die Zeit vor allem mit dem Lesen und Verstehen von Gebrauchsanleitungen verbringen. Aber es gab ja auch hübsche Hotels und Pensionen.

Tessin? schrieb sie unter Zeitung und Post.

Erneut wählte sie die Nummer ihrer Tochter. Besetzt. Wenigstens war sie da. Manchmal fragte sie sich, was in den endlosen Telefongesprächen ihrer Tochter mit ihren Freundinnen und Freunden alles besprochen werden musste. Wer mit wem, und wer nicht mehr mit wem, und warum es gar nicht anders kommen konnte, und was man sich besser vorher überlegen würde, und wohin man jetzt ging, und warum es da besser war als dort, wo man vorher hinging, und die Wortwahl vibrierte zwischen Location, mega, shit und affengeil, Isabelle hatte sich das öfters angehört, als Sarah noch bei ihr wohnte. Vor einem Jahr war sie in eine WG mit zwei Studienkolleginnen gezogen. Sie hatte ein Jus-Studium angefangen, und Isabelle wartete vergeblich darauf, dass sich ihr Vokabular dadurch etwas versachlichen würde.

Das Handy am Ladegerät klingelte. Entschlossen stand Isabelle auf, ging ins Badezimmer, drückte den Empfangsknopf und meldete sich mit »Hallo?«

Eine Männerstimme antwortete mit »Hallo.«

Als darauf nichts Weiteres folgte, fragte Isabelle: »Mit wem spreche ich, bitte?«

Im Hintergrund waren Geräusche zu hören wie in einem Restaurant, und nach einer Weile knackte es, und die Verbindung brach ab.

Noch während sie auf den blauen Himmel und die Wölklein des Grundbildes starrte, ging das Telefon im Wohnzimmer. Sarah war am Apparat und fragte sie erstaunt, ob sie denn nicht in Italien sei. Isabelle erzählte ihr, was dazu geführt hatte, dass sie zu Hause geblieben war, auch dass sie dabei sei, das Handy des Verstorbenen aufzuladen und dass sie soeben einen Anruf für ihn entgegengenommen habe. Das sei ja aufregend, sagte ihre Tochter, und ob sie schon nachgeschaut habe, von wem der Anruf sei. Wie sie denn das könne, fragte Isabelle. Aber Ma, sagte Sarah, so wie ich gesehen habe, dass du mich erreichen wolltest. Aufs Menü gehen, runterfahren zum Symbol für Anrufe, anklicken, und dann hast du's. Mit dem Hörer in der Hand ging Isabelle ins Badezimmer, bat Sarah, einen Moment zu warten, legte den Hörer hin, tat dann, was sie ihr geraten hatte, nahm danach den Hörer wieder hoch und sagte: »Anonym«.

»Aha«, rief Sarah, »der will nicht, dass man ihn zurückrufen kann! Wenn's wieder klingelt, nimm nicht ab.«

Isabelle sagte, so werde sie es machen, und sobald das Handy fertig aufgeladen sei, werde sie es zur Polizei bringen. Das sei sicher das Beste, fand Sarah, und ob sie mitkommen solle. Sehr lieb, sagte Isabelle, aber das sei nicht nötig. Sie werde ihr Bescheid geben, wenn sie sich entschieden habe, ob sie in den vierzehn Tagen noch verreise.

Kaum hatte sie aufgelegt, als sich das Handy im Badezimmer erneut meldete.

Isabelle ging hin und drückte ohne zu überlegen auf das kleine grüne Telefonzeichen: »Hallo?«

»Hallo«, sagte die Männerstimme, »wo ist Marcel?«

»Sagen Sie mir, wer Sie sind«, antwortete Isabelle. Ihre Stimme zitterte ein wenig.

»Wir wollen ihn morgen im Nordheim nicht sehen. Sag ihm das.«

»Es ist so, dass –«. Die Verbindung brach ab.

Isabelle öffnete das Symbol »Anrufe«, und es erstaunte sie nicht, dass auch dieser Anruf anonym war. Jetzt erst erblickte sie noch drei weitere Anrufe, aber auch die waren alle anonym. Außer einem, der hatte statt des blauen Pfeils einen roten. Eine Festnetznummer. Sie holte sich den Block aus dem Wohnzimmer und schrieb sie auf. Sie rief nochmals ihre Tochter an, um sich erklären zu lassen, was die roten und blauen Pfeile bei »Anrufe« bedeuteten.

Es war kurz vor 18 Uhr. Isabelle schloss ihren Fernsehapparat wieder an, dessen Stecker sie vorsichtshalber herausgezogen hatte, und schaltete den Lokalsender ein. Vielleicht, dachte sie, kam eine Nachricht über den Todesfall oder ein Aufruf mit seinem Bild. Aber nichts dergleichen, Querelen über das neue Fußballstadion, Beginn der Gerichtsverhandlung wegen eines Milliardenkonkurses, eine der größten Pensionskassen auf Schleuderkurs, eine Musicalpremière und das Wetter, schön und ungewöhnlich mild für die Jahreszeit.

Bei der Pommes-Chips-Werbung schaltete Isabelle aus und lehnte sich zurück.

Marcel hieß er also, der höfliche Herr, der so unhöfliche Bekannte hatte.

Das Nordheim, wo sie ihn nicht sehen wollten, war der große Friedhof in Oerlikon. Nein, sie würden ihn morgen bestimmt nicht sehen, aber sie wussten noch nicht, warum. Eines seiner nächsten Ziele war wohl eine Beerdigung gewesen, und nun musste er selbst beerdigt werden.

Nach kurzem Nachdenken wählte sie die Festnetznummer, die sie sich aufgeschrieben hatte. Der rote Pfeil hieß, dass er selbst versucht hatte, dorthin anzurufen. Im Hörer, den sie an ihr Ohr presste, spürte sie ihren Pulsschlag, der schneller ging.

Die Frauenstimme eines Telefonbeantworters hieß sie auf der Stadtverwaltung Uster willkommen und gab ihr die Öffnungszeiten bekannt. Vielleicht wollte er nach Uster fahren, auf dem Gleis nebenan.

War es ein neues Gerät, da er erst einmal angerufen hatte? Oder ein ausgeliehenes? Oder hatte er die Anrufe gelöscht? Und was ging sie das überhaupt an? Hatte das alles irgendetwas mit ihr zu tun, außer dass sie zufällig bei seinem Tod zugegen gewesen war?

Sie rief sich nochmals die kurze Begegnung mit ihm in Erinnerung, hörte ihn »Zum Flughafen?« sagen, sah ihn einknicken und am Boden aufschlagen und traf dann seinen sterbenden Blick. Aber er hatte ja noch etwas gesagt, »Bitte ...«, hatte er gesagt, bevor er verstummte. Er wollte sie um etwas bitten. Worum denn um Himmels willen? Und warum gerade sie?

Isabelle ging ins Badezimmer. Das Handy war fertig geladen. Sie zog den Stecker heraus und legte den Apparat in die Mappe, die im Korridor auf einem Stuhl lag. Sie schlüpfte in ihre Schuhe und nahm eine Jacke vom Bügel. Ob sie zum Polizeiposten Oerlikon sollte oder auf die Hauptwache in der Stadt?

Nach einer Weile zog sie Jacke und Schuhe wieder aus und setzte sich auf das Sofa im Wohnzimmer.

4

Es gab an diesem Tag drei Beerdigungen auf dem Friedhof Nordheim.

Um Viertel nach 10 Uhr setzte sich Isabelle gleich neben dem Mittelgang auf die hinterste Bank der Friedhofskapelle und wartete auf die Trauerfeier für Isidor Gemperle. Es saßen schon etliche schwarz gekleidete Menschen da, vor allem alte, Isabelle kannte das, sie hatten immer Angst, zu spät zu kommen und waren deshalb viel zu früh. Vorn stand die Urne, von Blumengestecken und Kränzen umgeben, in einem Ständer steckte auch eine Fahne mit rotgoldenen Borten, aber wegen ihres Faltenwurfs waren nur die Wortfragmente »delchö« und »perö« zu lesen, worauf sich Isabelle keinen Reim machen konnte, es hörte sich am ehesten ungarisch an; vielleicht hatte der Verstorbene den Flüchtlingen geholfen, die seinerzeit nach dem gescheiterten

Aufstand in großer Anzahl in die Schweiz gekommen waren, wie die alten Szabos, die Nachbarn ihrer Jugendzeit?

Auf der Empore hörte man Menschen murmeln und tuscheln, da war offenbar etwas in Vorbereitung, aber Isabelle konnte von ihrem Sitzplatz nicht hinaufsehen. Vereinzelt kamen Leute herein und nahmen in den Bänken Platz, Lücken gab es mehr als genug, und als nun die Trauerfamilie eintrat, suchte sie Isabelle nach einem Gesicht ab, das sie mit dem Anrufer verbinden konnte, doch die zwei Männer, welche die Witwe stützten, blickten so bekümmert drein, dass sie sich keinen davon vorstellen konnte.

Dennoch blieb sie sitzen, hörte sich das schleppende Orgelspiel und die Worte des Pfarrers über Gott, den Allmächtigen und seinen Ratschluss an, sowie den Lebenslauf des pensionierten Schulhausabwarts Gemperle, der immer ein offenes Ohr für die Anliegen der Lehrer und Schüler hatte, sie erhob sich zum Vaterunser, und als das »Jodelchörli Alperösli« zu singen anhub, musste Isabelle, die Jodelmusik nicht mochte, auf einmal mit der Rührung kämpfen. Sie stellte sich den cholerischen Schulhausabwart vor, wie er einmal pro Woche mit seiner städtischen Unzufriedenheit in den Scheinfrieden der ländlichen Dreiklänge abtauchte, und sah darin die unerfüllte Sehnsucht jedes Menschen nach einer harmonischen Welt.

Am Ende der Feier, als die Familie zum Ausgang schritt, ließ Isabelle nochmals verstohlen ihren Blick über alle Männer gleiten und fühlte sich in ihrem anfänglichen Urteil bestätigt.

Danach suchte sie ein Café in der Nähe auf, bestellte ein Stück Käsewähe und eine Apfelschorle und blätterte sorgfältig die beiden Tageszeitungen durch, aber weder fand sie eine Notiz über das gestrige Ereignis, noch war ein Foto des Toten abgebildet. Der Grund war wohl: Es war kein Verbrechen, es war auch kein Unfall, es war einfach ein Todesfall, ein außergewöhnlicher zwar, ein AGT, aber doch war da jemand ganz von selbst gestorben, ohne dass jemand anderes in Mitleidenschaft gezogen worden wäre. Niemand, außer ihr. Und wenn kein Foto mit einem Aufruf veröffentlicht wurde, hieß das wohl, dass die Identität des Mannes inzwischen geklärt war.

Das war Isabelle recht so, denn die Mappe und das Handy des Toten lagen immer noch bei ihr zu Hause. Beim Gedanken, sie müsse ihre Wohnung nochmals verlassen, hatte gestern Abend eine solche Trägheit von ihr Besitz ergriffen, dass sie sich sagte, morgen sei es noch früh genug, aber heute trieb sie die Neugier auf den Friedhof.

Kurz vor halb zwei stand sie wieder vor der Kapelle.

Gerade stiegen die Angehörigen aus einer Limousine, ein gut sechzigjähriges Ehepaar, die Frau, die sich ein Taschentuch vors Gesicht hielt, wurde von einer jüngeren

Frau getröstet, während eine andere junge Frau wie versteinert vor dem Portal stehen blieb und ein älterer Mann zwei Kinder an die Hand nahm. Isabelle wartete, bis sie hineingegangen waren und trat dann auch ein. Alle Sitzbänke waren besetzt, sodass Isabelle an der Rückwand stehen blieb.

Da war ein junger Arzt einer heimtückischen Krankheit erlegen, und der Geistliche gab sich die größte Mühe, den tapferen, verlorenen Kampf gegen den Tod in einen Sieg umzudeuten, einen Sieg des Lebens durch Jesus Christus, unsern Herrn, Amen. Eine Band war da, in welcher der Verstorbene auch eine Zeit lang mitgemacht hatte, die Musiker hatten sich vorne aufgestellt und spielten »Summer of '69« von Bryan Adams, und bei der Zeile »Those were the best days of my life« musste sich der Sänger umdrehen und die Augen wischen, bevor er mit Mühe weiterfahren konnte, und auf den Bänken wurden Taschentücher herausgezogen, ein Schneuzen ging durch den ganzen Saal, die junge Witwe des Arztes beugte sich vor und schluchzte hemmungslos, und das alles war so traurig, dass auch Isabelle, die niemanden kannte, die Tränen herunterliefen, und sie vergaß, dass sie sich über die salbungsvollen Worte geärgert hatte, und sie vergaß, dass sie gekommen war, um nach einem anonymen Anrufer Ausschau zu halten und weinte mit allen andern über die Vergänglichkeit.

Die Kapelle hatte sich geleert, es war schon 15 Uhr

vorbei, die Zeit für die letzte Abdankung, und Isabelle saß als Einzige da. Ein Friedhofsdiener kam, um die Tür zu schließen, sie fragte ihn nach der Feier für Meier Mathilde und bekam zur Antwort, die finde direkt beim Grab statt, Erdbestattung Abschnitt D.

Isabelle beeilte sich, dorthin zu kommen, fand sich nicht gleich zurecht im Gräberlabyrinth und entdeckte schließlich ein kleines Grüppchen im Halbkreis an einer offenen Grube. Sie verlangsamte ihre Schritte und blieb vor einem frischen Grab stehen, von dem aus sie zur Beerdigung hinübersah. Der Pfarrer warf mit den Worten »Erde zu Erde« eine kleine Schaufel voll Erde, die er aus einer bereitgestellten Schale genommen hatte, auf den Sarg, und nach ihm ergriffen zwei Männer aus der Gruppe die Schaufel ebenfalls und taten es ihm gleich. Ein dritter Mann wollte nicht, die vier Frauen standen reglos da, eine tupfte sich die Augen mit einem Tüchlein ab. Ein Halbwüchsiger schaute zum Himmel hinauf, wo ein Flugzeug zwei Kondensstreifen durchs Blau zog.

Der Pfarrer verabschiedete sich, packte sein Gebetbuch in eine schwarze Mappe und hatte es recht eilig, wegzukommen, dann gingen alle dem Ausgang zu, auf einem Weg, der beim Grab vorbeiführte, vor dem Isabelle stand. Bei den zwei Männern hatten sich ihre Frauen eingehängt, alle schätzte Isabelle um die siebzig, und sie blickten ungerührt vor sich zu Boden, der dritte war älter, ging am Stock und hinkte ein bisschen, und dahinter kamen die zwei andern Frauen mit dem Burschen, dem das alles sichtlich unangenehm war. Als sie an Isabelle vorbeikamen, hob der eine Mann seinen Kopf und streifte sie kurz mit seinem Blick, und Isabelle bemühte sich, auf das Grab zu ihren Füßen zu schauen.

Das mussten sie also gewesen sein, die Leute, die etwas mit dem Toten von gestern zu tun hatten und auf keinen Fall wollten, dass dieser sich hier blicken ließe. Isabelle wusste nicht, was sie tun sollte, und ob sie überhaupt etwas tun sollte. Wenn die Polizei herausgefunden hatte, wer der Tote war, hatte sie die Angehörigen sicher benachrichtigt. Aber woher wusste sie, ob es wirklich seine Angehörigen waren? Die Männer seine Brüder? Und die Verstorbene? Sie brach sich von den Blumen des frischen Grabes eine weiße Rose ab und ging langsam zum Grab, wo zwei Friedhofangestellte die Bänder heraufzogen, mit denen der Sarg heruntergelassen worden war und sie um das Metallgestell wickelten, auf dem er vorher gelegen hatte. Als sie kam, traten die beiden respektvoll zur Seite. Mathilde Meier – Schwegler, 1923 – 2012, stand auf dem Holzkreuz.

»Das war eine kurze Beerdigung«, sagte Isabelle zu den beiden.

»Es wollen nicht alle einen Lebenslauf und eine Ansprache«, sagte der eine, und ihr schien, er verkneife sich ein Lächeln.

Isabelle senkte ihren Kopf und warf die Rose auf den Sarg hinunter.

Als sie sich umdrehte, stand einer der beiden Männer vor ihr.

»Wer sind Sie?« fragte er.

»Mein Name ist –« Isabelle unterbrach sich und fragte zurück: »Und wer sind Sie?«

»Wer sind Sie, dass Sie hierherkommen?«

»Ich…« Isabelle stockte. Wieso war sie genau gekommen, und was ging es diesen Mann an? Sie war ihm keine Rechenschaft schuldig.

»Sie sind Herr Meier, nehme ich an, Mathildes Sohn?«

»Ich…« jetzt wurde der Mann unsicher.

»Ein Bruder von Marcel, nicht wahr?«

»Tut nichts zur Sache, aber jetzt sagen Sie mir, woher Sie Marcel kennen. Sind Sie seine Freundin?«

Zu ihrer eigenen Überraschung sagte Isabelle: »Ja«, um dann hinzuzufügen, »Sie wollten ja nicht, dass er kommt, deshalb habe ich ihn vertreten.«

Der Mann schaute sie verächtlich an und sagte nur: »Dann ist es besser, wenn Sie aus unserm Leben verschwinden«, drehte sich um und machte sich mit langen Schritten davon.

»Herr Meier!« rief ihm Isabelle nach, »Herr Meier, warten Sie!«

Aber Herr Meier wartete nicht, und Isabelle blieb eine Weile wie angewurzelt am Grab seiner Mutter stehen.

Als sie ihm schließlich durch die Friedhofruhe nachschrie: »Marcel kann gar nicht mehr kommen!«, war er schon nicht mehr zu sehen.

Isabelle schüttelte den Kopf und schlug dann langsam zwischen Trauerweiden und Familiengräbern den Weg zum unteren Eingangstor ein.

Verwundert hatten die Bestattungsmänner die Begegnung verfolgt.

»Das war ja doch noch eine Ansprache«, sagte der eine und zog das Holzkreuz aus der Erde, um Platz für den kleinen Bagger zu machen, der weiter hinten schon bereitstand.

»Ein bisschen kurz«, meinte der andere.

»Kurz, aber gut verständlich«, gab der erste zurück.

Beide lachten, und der zweite hob den Kranz, der vor dem Kreuz gelegen hatte, auf und deponierte ihn auf dem Nachbargrab. Auf seiner Schleife stand: Deine Kinder.

5

»Vielen Dank... Ihnen auch... auf Wiederhören.«

Isabelle stellte den Telefonhörer in die Basisstation, erhob sich vom Sofa und öffnete das Schränklein unter ihrem Fernseher. Von den paar Flaschen, die dort drinstanden, nahm sie einen Apfelbranntwein heraus, ein Geschenk einer Bauernfamilie, deren alte Mutter sie gepflegt hatte.

Sie trank sehr selten etwas Hochprozentiges, aber nach diesem Gespräch brauchte sie einen Schnaps. Aus der Küche holte sie sich ein Gläschen, setzte sich an den Esstisch und schenkte sich ein. Er war so scharf, dass sie ihn ohne weiteres zur Wunddesinfektion hätte brauchen können, und der Geruch, der beim Öffnen aus der Flasche entwich, verbreitete sich sogleich im ganzen Wohnzimmer.

Was ihr der Polizeibeamte soeben mitgeteilt hatte, war

derart unerwartet, dass sie das Gefühl hatte, es müsse jemand anderes gemeint sein.

Der Tote war identifiziert. Man hatte beim nochmaligen Durchsuchen seiner Kleidung doch noch etwas gefunden, nämlich ein Streichholzbriefchen in einem Brusttäschchen seines Hemdes. Darauf stand der Name eines Hotels, man hatte dort mit dem Foto des Verstorbenen nachgefragt, und zwei Frauen an der Rezeption hatten ihn erkannt. Sein Name war Martin Blancpain, ein Kanadier aus Montreal, man hatte für den Fall, dass sie sich doch täuschten, die Nacht verstreichen lassen, und als er nicht zurückkam, drang man in das Zimmer ein, fand dort auch seinen Pass und die Reiseunterlagen, die zeigten, dass er am Tag vor seinem Tod auf dem Flughafen Zürich angekommen war.

Aber... er habe doch deutsch gesprochen, schweizerdeutsch...

Dann sei er wahrscheinlich irgendeinmal ausgewandert und habe die kanadische Staatsbürgerschaft angenommen, meinte der Polizist. Sie hätten seine Frau verständigt, und die werde morgen in Zürich eintreffen, um ihren Mann zu identifizieren.

Und wie sie denn die Frau –

Wenn es eine Adresse gebe und eine Flugbuchung, und zudem ein Handy, das zum Aufladen eingesteckt gewesen sei – da gebe es wahrlich schwierigere Probleme, sagte der Beamte.

Isabelle ärgerte sich über ihre dumme Frage; sie dachte daran, dass sie noch immer die Mappe und das Handy des Toten hatte, und fand den Weg nicht, es dem Polizisten zu sagen.

Wie alt er denn gewesen sei?

72.

Und ob es ein Herzversagen gewesen sei?

Die Obduktion sei noch nicht abgeschlossen, aber da sei noch etwas, fuhr der Beamte fort, und deswegen rufe er sie eigentlich an: Das Careteam lasse fragen, ob sie für den Fall, dass die Witwe gern mit ihr, Frau Rast, sprechen würde, ob sie für den Fall morgen oder vielleicht auch übermorgen in Zürich sei und dazu bereit wäre? Es sei oft so, dass Angehörige von Unfalltoten oder ähnlichen Fällen gern mit der letzten Person sprächen, die den Verstorbenen noch gesehen hätte.

Ja, sagte Isabelle, ja, sicher, das würde sie.

Der Beamte sagte, sie solle doch in nächster Zeit ihr Mobiltelefon eingeschaltet lassen, damit sie erreichbar sei, das Careteam habe heute bereits erfolglos versucht, sie anzurufen und werde sich bei ihr melden, wenn es aktuell werde.

Und nun saß Isabelle am Tisch und versuchte mit dem Gedanken klarzukommen, dass der unglückliche Marcel ein Kanadier sein sollte, oder ein Kanada-Schweizer.

Was sollten denn die Anrufe auf dem Handy, das bei

ihr lag und die offenbar einem Marcel galten? Eine Verwechslung? Oder ein Mensch mit zwei Identitäten? Ein Handy im Hotel für Martin und eins in der Mappe für Marcel? Und warum wollte er zu dieser Beerdigung, bei der er so unwillkommen war?

Isabelle nahm noch einen Schluck. Ein Feuer fuhr ihr in den Rachen und durch die Nasenlöcher wieder hinaus.

So oder so, sie hatte zugesagt, die Witwe des Verstorbenen zu treffen, falls diese das wünschte. Vielleicht würde sie bei diesem Gespräch mehr erfahren. Das hieß, dass sie bis morgen oder übermorgen in Zürich bleiben würde. Vorderhand kein Braunwald, kein Weggis, kein Tessin. Die drei ausgepackten Blusen hatte sie gestern wieder eingepackt und den Koffer zugemacht, sodass er genauso reisefertig dastand wie für die Abreise nach Stromboli.

Die Mappe mit dem Handy lag immer noch auf dem Hocker im Gang.

Wieso hatte sie dem Polizeibeamten nichts davon gesagt?

Aber jetzt, da alles klar war, war es auch nicht mehr nötig. Sie konnte ja beides der Witwe geben, wenn sie sie treffen würde. Eigentlich war sie sicher, dass diese ein solches Gespräch wünschte. Wenn jemand im Altersheim starb, ohne dass Angehörige dabei waren, wollten diese meistens wissen, wie es gegangen sei, ob die sterbende Person noch etwas gesagt habe und zu wem. Es gab offenbar ein Bedürfnis, die letzten Spuren des Lebens zu sichern.

Dann würde sich also die Witwe des Verstorbenen mit dessen Freundin unterhalten, dachte Isabelle und musste bei diesem Gedanken lächeln. Sie fragte sich, wieso sie sich als Marcels Freundin ausgegeben hatte. Es war wohl eine Art Trotz gewesen, irgendwie hatte sie ihn schützen wollen gegen die Kälte und Feindseligkeit eines Mannes, der ihm das Recht abgesprochen hatte, einem Menschen die letzte Ehre zu erweisen. Immer wieder sah sie die Szene auf dem Bahnhof vor sich, das Zusammensacken des Unbekannten, den erlöschenden Blick und seine Bitte um Hilfe. War das nicht eine Art Hilfe gewesen, dass sie auf dem Friedhof zu ihm gestanden war?

Sie versuchte sich vorzustellen, sie wäre die zuständige Sachbearbeiterin bei der Polizei. Wäre dieser Fall für sie geklärt? Sie würde, wie ihr das vorhin am Telefon ja auch gesagt wurde, einzig noch den Obduktionsbericht abwarten, und wenn der keinen Verdacht ergäbe, etwa auf eine Vergiftung, gäbe es keinen Handlungsbedarf mehr und das Dossier Blancpain könnte geschlossen werden. Dass es da noch eine Mappe und ein zweites Handy des Verstorbenen in der Wohnung der Pflegefachfrau Isabelle Rast gab, konnte die Sachbearbeiterin ja nicht wissen. Das hätte den beiden Polizisten im Einsatz auffallen müssen.

Und an dieser Mappe und ihrem Inhalt, dachte Isabelle, an dieser Mappe lag es, dass der Fall für sie überhaupt nicht geklärt war. Bloß: sie arbeitete nicht bei der Polizei, also konnte es ihr gleichgültig sein. Es ging sie nichts an, sie brauchte nichts aufzuklären. Für sie war es kein Fall, bloß ein Vorfall.

Sie erhob das Gläschen mit dem letzten Schluck des abscheulichen Getränks, sagte mit einem Blick zur Zimmerdecke: »Marcel, à toi!« und trank es aus.

Das Telefon klingelte, und ihre Tochter Sarah fragte sie, wie denn ihre Erste-Hilfe-Geschichte weitergegangen sei. Isabelle erzählte ihr, dass die Polizei die Identität des Toten herausgefunden habe und dass sie sicher noch zwei Tage in Zürich bleiben werde, falls die Witwe mit ihr sprechen wolle. Ob sie Mappe und Handy zur Polizei gebracht habe, fragte Sarah. Nein, erwiderte Isabelle, das sei ja nun nicht mehr nötig, sie werde beides der Witwe übergeben. Und ob nochmals angerufen worden sei auf dem Handy des Toten, fragte Sarah weiter. Sie glaube nicht, meinte Isabelle.

»Ma«, sagte Sarah, »wenn die Witwe nicht mit dir sprechen will, bring's bitte der Polizei.«

Das werde sie tun, versprach Isabelle, und sie solle sich keine Sorgen machen.

»Ich finde es einfach Scheiße, wenn du anonyme Anrufe bekommst«, sagte Sarah.

»Keine Angst, sie waren ja nicht für mich.«

»Aber sie kamen in deine Wohnung.«

Als Isabelle aufgehängt hatte, blieb sie eine Weile sitzen. Die Anteilnahme ihrer Tochter rührte sie. Ihre Schilderung der Ereignisse war unvollständig gewesen. Sie hatte Sarah die ganze Friedhofgeschichte verschwiegen, ebenso wie das Gespräch mit dem Anrufer. Das hätte sie nur in noch größere Unruhe versetzt.

Dann ging sie zum Handy, öffnete »Anrufe« und sah, dass inzwischen nochmals angerufen worden war. Anonym.

6

Nein, Kinder hätten sie keine mehr gehabt, dazu sei es schon zu spät gewesen, sagte die blonde Frau mit den großen braunen Augen, und blickte an Isabelle vorbei durch die Scheiben des Cafés auf die beiden Türme des Zürcher Großmünsters – et vous?

Sie sprachen französisch zusammen, die Sprache Montreals, wobei Isabelle genau hinhören musste, um hinter dem eigenartigen kanadischen Akzent das herauszuhören, was ihr vertraut war. Auch war ihr das Französische nicht mehr so geläufig wie in ihrer Jugend, als sie während ihrer Ausbildung ein Jahr im Genfer Universitätsspital arbeitete, aber trotzdem konnte sie ihrer Gesprächspartnerin mühelos erzählen, dass sie eine 22jährige Tochter hatte, die étudiante en droits war, Jus-Studentin.

»Et le mari?«

Isabelle lächelte: »Parti en Afrique.«

So war es. Sarahs Vater war ein afrikanischer Assistenzarzt, mit dem sie damals in Genf eine heftige Liebesgeschichte hatte, die nicht nur damit endete, dass sie schwanger wurde, sondern auch damit, dass sie erfuhr, dass ihr Amadou zu Hause schon eine Frau und zwei Kinder hatte, und dass er eines Tages, noch vor der Geburt ihrer Tochter, abgereist war, zurück nach Bamako, capitale de la république du Mali.

Dann habe sie eine farbige Tochter?

Isabelle zeigte ihr ein Foto mit einer lachenden dunkelhäutigen Schönheit, die mit flatterndem Schal vor einer Schweizerfahne am Heck eines Vierwaldstätterseeschiffes stand.

»Vous avez de la chance«, sagte die Frau, und wieder traten ihr, wie schon mehrmals während ihres Gesprächs, Tränen in die Augen.

Véronique Blancpain hatte Isabelle erzählt, wie sie ihren Mann kennengelernt habe. Sie sei vor 20 Jahren auf einem Schiffsausflug auf einem Seitenarm des St.Lawrence Rivers gewesen, wo man weiße Wale habe sehen können, und sei dort auf einem erhöhten Deck gleich unter der Kabine des Steuermanns gestanden, als ihr vom Wellengang derart übel geworden sei, dass sie sich habe auf den Boden legen müssen. Als sie die Augen wieder geöffnet habe, habe sich der Kapitän des Schiffes über sie gebeugt, mit der Frage, ob sie Hilfe brauche, und sie sei sicher gewesen, dass das ihr Mann werde, ihr Mann für den zweiten Teil ihres Lebens, denn sie sei schon über vierzig gewesen damals. So sei es gekommen, dieser Mann war Martin, und heute Morgen, in der Leichenhalle, als er so ruhig dalag, habe sie gedacht, gleich schlage er die Augen auf und frage sie, ob er ihr helfen könne.

Sie hatte einen Moment geweint und dann zu Isabelle gesagt, es freue sie, dass er zuletzt noch jemandem habe helfen wollen. Isabelle hatte Martins Witwe den Hergang seines Todes schon erzählt und war froh gewesen, dass diese nicht den Hauch eines Vorwurfs hatte erkennen lassen.

Vielleicht, sagte Isabelle dann, habe er aber auch sie um Hilfe bitten wollen, bloß wie und warum?

Sie glaube, sagte Véronique, er wollte ihr noch einen Gruß an sie mitgeben.

Ob sie denn genauer wisse, warum Martin in die Schweiz gereist sei.

Ein Todesfall, sagte Véronique, die Frau, die seine Mutter gewesen sei, sei gestorben, und er habe zur Beerdigung gehen wollen.

Also die Mutter?

Nein, er sei in einer Pflegefamilie aufgewachsen, doch viel mehr wisse sie auch nicht, er habe ihr fast nichts von seiner Jugendzeit erzählt. Aber leicht sei es wohl nicht gewesen, das habe sie seinen Andeutungen entnommen.

Sie könne sich vorstellen, dass die Pflegemutter für ihn eine wichtige Person gewesen sei.

Und der Kontakt mit der Schweiz?

Nul, sagte Véronique, nul, gar keiner. Sie glaube, er habe die Schweiz gehasst... nul – ou presque. *Eine* Frau habe es in der Familie gegeben, die seine Adresse hatte, und die habe ihn angerufen, als seine Pflegemutter gestorben sei. Er habe sie ihr gegenüber als »ma tante« bezeichnet, aber wer sie sei und wie sie heiße, wisse sie nicht.

Und wann denn Martin nach Kanada gekommen sei?

Kanadischer Bürger sei er seit etwa vierzig Jahren, aber im Land gewesen sei er schon wesentlich früher, das brauchte es auch zur Erlangung des Bürgerrechts. Bevor sie heirateten, habe sie ihm versprechen müssen, dass sie ihn nie über seine Jugendzeit ausfragen werde. Er habe ihr jedoch versichert, sie müsse keine Angst haben, dass er irgendetwas Schlimmes getan habe, je n'ai jamais fait du mal à personne.

Was sie sich im Moment überlege, sei, ob sie ihn nach Kanada zurücknehmen solle, was wohl ziemlich kompliziert sei. Bestimmt wäre es einfacher, ihn hier zu bestatten, immerhin sei es auch das Land seiner Herkunft.

Ein Bild schob sich Isabelle in den Kopf, eine ausgehobene Grube neben dem Holzkreuz für Mathilde Meier, vor welcher nur sie und Véronique Blancpain standen. Und auf einmal tauchte der Meier-Sohn hinter ihnen auf und herrschte sie an, sie sollen aus ihrer Familie verschwinden, samt der Marcel-Leiche, die jetzt eine Martin-Leiche war.

Die wenigen Male, als sie über den Tod sprachen, fügte Véronique hinzu, habe sich Martin gewünscht, dass sie seine Asche in den St. Lawrence River streuen solle, falls sie ihn überlebe.

Sie könne ihn doch hier kremieren lassen und seine Asche mitnehmen, meinte Isabelle.

»Vous croyez que ça va?«

»Pourquoi pas?«

Véronique seufzte. Sie habe immer gehofft, einmal mit Martin in die Schweiz reisen zu können. Und jetzt sei sie endlich hier, aber allein.

»Sie sind nicht allein«, sagte Isabelle, »ich kann Ihnen helfen.«

Sie sei so lieb, sagte Véronique und schneuzte sich, »vous êtes tellement gentille.«

Dann sei da noch die Mappe, sagte Isabelle, zog aus einer Tragtasche die Mappe des Verstorbenen und berichtete, wie es dazu gekommen war, dass sie diese mitgenommen hatte.

Ja, sagte Véronique, das sei seine Mappe gewesen, in die er meistens die Zeitung gesteckt habe, und manchmal auch sein Mobiltelefon. Sie öffnete sie und zog daraus die »Neue Zürcher Zeitung« hervor, die das Datum von Martins Tod trug. Sein Mobiltelefon habe er ja im

Zimmer gelassen, sagte sie. Sie hatte sich im selben Hotel einquartiert, in dem Martin gewesen war und hatte dort auch seinen Koffer und alles, was im Zimmer gelegen hatte, ausgehändigt bekommen.

Isabelle kam in den Sinn, dass sie das Handy zu Hause wieder zum Aufladen angeschlossen hatte, verpasste aber den Augenblick, es zu sagen.

Sie müsse zurück ins Hotel, sagte Véronique, sie merke erst jetzt, wie müde sie sei und kämpfe auch noch mit der Zeitverschiebung.

Ich habe denselben Weg, sagte Isabelle, ich kann Sie gern begleiten.

Das Hotel war gleich beim Bahnhof in Zürich Oerlikon und wurde oft von Flugpassagieren und Airline-Crews gebucht. Isabelle ging mit Véronique durch die Altstadt zum Paradeplatz, löste dort für sie eine Fahrkarte am Automaten und fuhr mit ihr im Tram bis zum Hotel.

Beim Abschied sagte sie, wenn Véronique sich entschieden habe, was sie mit Martins Leichnam machen wolle, werde sie ihr auf jeden Fall mit den Formalitäten behilflich sein.

Ob sie denn Zeit habe für so etwas, fragte Véronique, sie müsse doch bestimmt arbeiten.

Ich bin immer noch in den Ferien, antwortete Isabelle lächelnd, einfach nicht in Stromboli, sondern in Zürich.

Merci infiniment, sagte Véronique, küsste sie und

ging an einer Gruppe rauchender Amerikaner vorbei durch die Schiebetür in die Empfangshalle.

Als Isabelle nach Hause kam, ging sie ins Badezimmer, kontrollierte, ob das Handy geladen war, zog den Stecker heraus und sah, dass wieder ein Anruf gekommen war. Wieder anonym.

7

»Hier sehen Sie eine Urne, die zum Abholen bereit ist«, sagte der Herr im anthrazitfarbenen Anzug mit der dunkelblauen Krawatte, der den beiden Frauen auf dem städtischen Bestattungsamt Auskunft gab.

Er hob eine verschnürte hochformatige Kartonschachtel mit einer Adressetikette hoch und stellte sie zwischen sich und den Frauen auf die Abstellfläche, sein Kopf schaute gerade noch darüber hinaus.

Da sei allerdings das kupferne Modell drin, deshalb sei sie recht schwer, aber mit der Variante aus Eschenholz werde das Paket natürlich leichter, »ce n'est pas tellement lourd«, sagte er zu Véronique, die es gerade kurz mit beiden Händen angehoben hatte. Sie nickte.

Sie werde, fuhr der Bestattungsbeamte fort, zusammen mit der Urne eine offizielle Bescheinigung des Inhalts bekommen, die sie bei der Einreise nach Kanada am Zoll vorweisen könne, falls das verlangt werde.

Auf dem Empfangsbestätigungsformular werde sie ausfüllen müssen, was sie mit der Urne und der Asche zu tun gedenke, also ob sie die Asche zu Hause aufbewahren oder verstreuen wolle, wenn ja, in einem See, in einem Fluss, im Meer, im Wald oder in den Bergen, aber das sei eine Formsache.

In einem Fluss, sagte Véronique.

Es sei eigentlich ohne Bedeutung, sagte der Bestattungsbeamte.

In einem Fluss, wiederholte Véronique, im St. Lawrence River.

Schön, sagte der Trauermann, »in einem Fluss« werde genügen.

Doch, im St. Lawrence River, sagte Véronique und schneuzte sich. Dann fragte sie, ob sie die Rechnung mit der Kreditkarte zahlen könne.

Selbstverständlich, sagte der Bestatter, wenn sie ihm die Nummer gebe, könne er ihre Gültigkeit noch kurz überprüfen, und ob sie eine Kontaktadresse in der Schweiz habe.

Als sie ihr Hotel angab, sagte Isabelle, er solle ihre Adresse aufschreiben, sie sei eine Freundin.

Etwas später waren sie wieder im Café, von dem aus man die Münstertürme sah, diesmal saßen sie draußen in der Vormittagssonne und tranken einen Schwarztee.

Isabelle hatte Véronique geholfen, alles Notwendige zu erledigen, der Totenschein von Martin, den die Polizei Véronique ins Hotel gebracht hatte, war abgegeben, sein Leichnam zur Kremation angemeldet, die Wartezeit bis zur Abholung der Urne sollte längstens drei Tage betragen.

Véronique dankte Isabelle, eine große Hilfe sei das für sie gewesen, eine Hilfe, zu der sie ja gar nicht verpflichtet gewesen wäre.

Das habe sie gerne gemacht, sagte Isabelle.

Drei Schwäne schwammen langsam gegen die Strömung der Limmat der Seemündung zu. Auf der Stadthausbrücke stand eine grauhaarige Frau mit einem zappligen kleinen Mädchen. Das Mädchen griff in eine Papiertüte, die ihr die Großmutter hinhielt, und warf den Schwänen eine Handvoll Brotstücke zu.

»Voilà«, sagte Véronique, »et la vie continue.«

Isabelle nickte. Das Leben geht weiter, das denke sie auch immer, wenn jemand von ihrer Abteilung verabschiedet worden sei, wenn man aus der Krematoriumshalle heraustrete und die Vögel pfeifen und die Sonne scheine, und dann denke sie immer, wie schön es sei, noch zu leben.

Sie wisse noch gar nicht, ob sie irgendeine Trauerfeier für Martin machen solle, sagte Véronique, zur Kirche seien sie ja beide nicht gegangen… eine Einladung für die Familie und den Freundeskreis, das vielleicht.

Auf der Brücke ließ sich ein japanisches Paar von einem Passanten fotografieren. Beweismaterial für die Schweizer Reise.

Véronique rührte in ihrer Teetasse.

Sie habe noch ein Anliegen, sagte sie, aber das sei wohl ein bisschen viel verlangt.

Bitte, sagte Isabelle.

Ob sie ihr den Ort zeigen könne, wo Martin gestorben sei.

Ja, bestimmt, das tue sie gerne.

Gerne? Wirklich? Ob das keine schlechte Erinnerung sei für sie?

Isabelle überlegte einen Augenblick. Ihr schien, das alles sei noch gar nicht zur Erinnerung geworden, und es kam ihr immer noch unwahrscheinlich vor, wie eine Szene, die man wiederholen könnte, mit einem anderen Ausgang. Er hätte ihr noch geholfen, den Koffer in den Zug zu heben, wäre dann stehen geblieben und hätte sich mit einer kleinen Verbeugung verabschiedet, sie wäre zum Flughafen gefahren, nach Neapel geflogen, hätte dort den Aliscafo bestiegen und säße nun nicht in Zürich mit einer Frau aus Kanada, die sie erst seit gestern kannte, sondern in Stromboli, und würde mit ihrer alten Freundin Barbara einen Tee trinken oder ein Glas sizilianischen Nero d'Avola, unter einer Pergola, von der man die reifen Trauben pflücken könnte.

Die beiden Frauen gingen zu Fuß zum Hauptbahnhof, und Isabelle führte Véronique über den Lindenhof, einen ihrer liebsten Plätze der Stadt, die Erhebung, auf der einst das römische Kastell stand und von der aus man auf die Limmat, das Rathaus und das Niederdorf hinunterblickte. Die Großmünstertürme hatte man nun fast auf Augenhöhe, und sie sahen weniger rechthaberisch aus.

Eine Klasse Halbwüchsiger saß mit Zeichenblöcken da, der Lehrer, der seine angegrauten Haare zu einem Pferdeschwanz gebunden hatte, ging von Gruppe zu Gruppe und gab Kommentare und Hinweise ab, weiter hinten schoben alte Männer mit Mützen und wollenen Kappen große Schachfiguren hin und her. Die zwei Frauen setzten sich in der Nähe des großen Brunnens auf die Mauer, welche den Platz abschloss und steil zu den Häusern am Flussufer abfiel.

Der Tod, sagte Véronique, sei das Unwahrscheinlichste im Leben. Sie könne sich nie daran gewöhnen. Dann blickte sie Isabelle an. Oder wie es ihr damit gehe?

Im Altersheim, gab Isabelle zur Antwort, sei der Tod ein regelmäßiger Gast, aber wirklich sachlich können wohl nur die Bestatter mit ihm umgehen, jedenfalls berühre es sie jedes Mal, wenn jemand, mit dem man eben noch gesprochen habe, plötzlich leblos daliege. »Wohin ist das Lachen gegangen, die Sprache, wohin die Gedanken und Erinnerungen? Der Reichtum eines ganzen Lebens?«

Manchmal stelle sie sich das Leben als einen großen, brodelnden Suppentopf vor, aus dem einem ein Löffel voll in einen Teller geschöpft wird, wenn man zur Welt kommt, man esse davon, und am Ende werde das, was übrig bleibt, wieder in den Topf zurückgeschüttet.

Véronique lächelte. Das Bild gefiel ihr. Das Leben selbst gehe nicht verloren, ja, aber dennoch, Martins Leben sei verloren, und es sei verloren, ohne dass sie es richtig gekannt habe.

Martin habe sein Leben leben können, sagte Isabelle, da vorn sei in der Mauer ein römischer Grabstein eingelassen, auf dem Zürich zum erstenmal erwähnt werde, vor zweitausend Jahren, und es sei der Grabstein für ein Kind.

Véronique seufzte.

Dann zog sie ein Päckchen Zigaretten aus ihrer Handtasche und hielt es Isabelle hin.

»Danke«, sagte Isabelle, »ich rauche nicht.«

»Stört es Sie?« fragte Véronique.

»Gar nicht«, antwortete Isabelle und blickte verwundert auf das Foto eines Beinstumpfes, das unter dem Namen der Zigarette prangte.

»Die kanadische Warnung«, sagte Véronique, »sie nützt bloß nichts, wie Sie sehen.«

Mit dem Feuerzeug zündete sie sich die Zigarette an und nahm einen tiefen Zug.

»Die Schulkinder sammeln die Bilder sogar und tauschen sie aus. Ein Beinstumpf gegen eine Raucherlunge, eine verengte Arterie gegen einen Tumor.«

Die zwei Frauen lachten.

Als sie sich von der Mauer erhoben und den Lindenhof verlassen wollten, sah Isabelle, dass einer der Schüler sie abgezeichnet hatte. Mit leichter Hand hatte er den Brunnen skizziert, die Mauer mit ihnen beiden, Véronique mit einer Zigarette in der Hand, im Hintergrund die Kuppeln der ETH und der Universität, und zuletzt die Großmünstertürme.

Sie blieb einen Moment stehen.

Der Schüler blickte zu ihr hoch. »Erkennen Sie sich?«

Isabelle nickte. »Darf ich es haben?«

Der Schüler riss das Blatt vom Block und reichte es ihr mit einer graziösen Geste. »Macht eine Zigarette«, sagte er.

Isabelle rief Véronique, die schon etwas weitergegangen war, und bat sie um eine Zigarette »für den Künstler«, und zeigte ihr das Blatt.

»Oh«, sagte Véronique, »wie schön, das sind ja wir«, und hielt dem Zeichner das Päckchen hin. »Mais attention!« fügte sie hinzu und zeigte auf den Beinstumpf.

»Geil«, sagte der Schüler und grinste.

8

Um die Mittagszeit standen sie in der uringelb gekachelten Bahnhofsunterführung Oerlikon am Treppenaufgang zum Gleis 4 still und wurden sogleich zu einem Hindernis. Hier unten war alles in Bewegung, und zwar in einer Hast, als ob alle noch in letzter Minute einen lebensrettenden Zug erreichen wollten. Ein Mann mit einem Sandwich in der Hand stieß Isabelle mit seiner Laptoptasche an, als er um sie herumbog und die Treppe hinaufeilte, indem er zwei Stufen auf einmal nahm.

Isabelle erzählte Véronique, wie sie hier mit ihrem schweren Koffer angehalten und die Treppe hochgeschaut habe und wie dann auf einmal Martin aufgetaucht sei.

Woher er denn gekommen sei, fragte Véronique.

Das wusste Isabelle nicht mehr genau. »Er war einfach plötzlich neben mir, hier, da wo Sie jetzt stehen.«

Dann gingen sie zusammen die Treppe hinauf, und als sie oben ankamen, musste sich Isabelle zusammennehmen, damit sie den Hergang erzählen konnte.

Als Véronique hörte, dass man den toten Martin mit einem weißen Zelt geschützt hatte, begann sie haltlos zu weinen.

Isabelle nahm sie sacht am Arm, führte sie von der Stelle weg zu einem der metallenen Wartebänke auf dem Bahnsteig, und zusammen setzten sie sich. Nach einer Weile schneuzte sich Véronique und sagte dann, Martin habe vor vier Jahren einen Herzinfarkt gehabt, habe seither immer wieder mit Herzrhythmusstörungen gekämpft, gegen die er auch ein Medikament eingenommen habe, aber bei seinen Sachen im Hotel habe dieses gefehlt, vielleicht habe er es in der Eile des Aufbruchs vergessen. Und natürlich sei ein Interkontinentalflug mit der Zeitverschiebung eine Anstrengung, und der Koffer sei wohl das kleine bisschen zu viel gewesen, das er sich zugemutet habe.

Aber mitten im Leben sei er gestorben, das sei immerhin besser als an einem Sauerstoffschlauch mit Morphiumspritzen, bloß ein bisschen warten hätte er schon noch gekonnt. Und, sagte sie mit einem Blick zu Isabelle, dass er als Letztes sie gesehen habe, und nicht irgendeinen Bahnbeamten, sei für ihn bestimmt ein schöner Abschied gewesen, denn er habe die Frauen geliebt, il aimait les femmes.

»Excusez«, sagte sie dann, zog ihr Zigarettenpäckchen hervor und zündete sich eine Zigarette an. Schweigend saßen sie da, bis Véronique fertig geraucht hatte und den Stummel in den Sandbehälter eines Abfallkübels warf.

Wie gut, sagte sie dann, dass Isabelle fachkundig sei und sofort Erste Hilfe habe leisten können, so müsse man sich nicht sagen, man habe vielleicht eine mögliche Rettung verpasst.

Auch dass er ihr eine Bitte anvertrauen wollte, könne sie gut verstehen, jetzt, wo sie Isabelle ein bisschen kennengelernt habe. Sie sei eigentlich sicher, dass er sie gebeten hätte, sie, Véronique, zu benachrichtigen.

Nein, dachte Isabelle, das war es nicht. Es war etwas so Dringliches, fast Flehentliches in seinem Blick gewesen ... Sie war auf einmal sicher, dass es mit seinem schweizerischen Leben zu tun hatte, und nicht mit dem kanadischen.

»Sie kannten sich 20 Jahre?« fragte Isabelle.

Véronique nickte.

»Und er war nie in der Schweiz in dieser Zeit?«

Véronique schüttelte den Kopf. Sein Verhältnis zur Schweiz sei, wie gesagt, nicht gut gewesen.

»Aber Sie wollten doch einmal zusammen hinfahren?«

»Ich schon, aber er nicht.«

»Und als er zu dieser Beerdigung aufbrach, wollten Sie da nicht mit?«

Das sei viel zu schnell gegangen, sie sei am Samstag

von der monatlichen Teamsitzung nach Hause gekommen, da sei er schon mit gepacktem Koffer bereitgestanden und habe ihr gesagt, er fliege nach Zürich. Völlig überrumpelt sei sie gewesen, der Anruf seiner Tante war in der Nacht gekommen, und er hatte dann am Vormittag einen Flug gebucht, als sie schon weg war, nur für sich natürlich. Im Übrigen sei sie Lehrerin und hätte nicht von einem Tag auf den nächsten den Unterricht absagen können, bloß weil die Pflegemutter ihres Mannes gestorben sei. Damit das geht, muss schon der Mann selbst sterben, fügte sie mit einem bitteren Lächeln hinzu.

Für wann sie denn ihren Rückflug gebucht habe, fragte Isabelle.

»Für nächsten Mittwoch.«

Wenn sie wolle, sagte Isabelle, könne sie die restliche Zeit bei ihr wohnen statt im Hotel. Seit ihre Tochter ausgezogen sei, habe sie ein Gästezimmer.

Véronique war gerührt.

Das sei sehr lieb, vraiment très gentil, aber das könne sie nicht annehmen.

Sie überlasse das ganz ihr, sagte Isabelle, und wenn sie es sich anders überlege, könne sie jederzeit anrufen, sie verstehe auch, wenn sie allein sein wolle.

Danke, antwortete Véronique, sie sei einfach sehr erschöpft. Zudem müsse sie nun noch mit ein paar Menschen in Kanada telefonieren.

Aber ob sie sie heute zum Nachtessen bei sich zu Hause einladen dürfe, fragte Isabelle, es sei keine zehn Minuten vom Hotel entfernt, und sie würde sie abholen.

Sie verabredeten sich für sechs Uhr abends, dann standen sie auf, und Isabelle führte Véronique zum andern Abgang in die Unterführung, damit sie nicht nochmals an der Stelle von Martins Tod vorbeikamen.

Durch den Hauptaufgang stiegen sie nachher die Treppe hoch, wichen drei dunkelhäutigen Jugendlichen aus, welche sich auf den obersten Stufen breitmachten, und gingen durch die Öldämpfe eines asiatischen Take-Aways zum Fußgängerstreifen, der zum Hotel hinüberführte.

Eine Viertelstunde später war Isabelle in ihrer Wohnung, machte sich einen Tee und nahm das Käse-Sandwich heraus, das sie sich unterwegs gekauft hatte. Während sie es am Küchentisch zu essen begann, überlegte sie sich, wie es die nächsten Tage weitergehen sollte.

Für sie war klar, dass sie dableiben würde, um Véronique beizustehen bei dem, was sie hier brauchte, also bei der Übergabe der Urne oder bei der Abreise aus der Schweiz. Und vielleicht, dachte sie, kommt in dieser Zeit auch etwas heraus von dem, was ich an dieser Geschichte gern verstünde.

Die Pflegemutter von Martin, der früher Marcel hieß, war die Mutter des unwirschen Mannes auf dem Friedhof gewesen. Vielleicht waren noch Brüder dabei gewesen, oder eine Schwester, der Hinkende und der zweite Mann mit einer Frau am Arm waren alle im ähnlichen Alter. Der Anrufer hatte von »wir« gesprochen, derjenige, der sie angesprochen hatte, und dessen Stimme der am Telefon glich, wollte, dass sie »aus unserm Leben« verschwinde. Auf jeden Fall hatte die Familie versucht, eine Begegnung mit Marcel zu vermeiden. Also musste es irgendein Zerwürfnis geben, eines, das weit zurücklag, wenn es stimmte, dass Martin mindestens in den 20 Jahren, seit Véronique ihn kannte, praktisch keinen Kontakt mit der Schweiz hatte.

Wer darüber etwas sagen könnte, war bestimmt die von Marcel »Tante« genannte Frau. Hoffentlich hatte Véronique ihre Telefonnummer. Sonst müsste man wissen, wie sie hieß; im besten Fall auch Meier, dann wäre sie eine unverheiratete Schwester des Ehemannes von Mathilde Meier, im zweitbesten Fall eine verheiratete Schwester des Ehemannes von Mathilde, welche hinter dem Bindestrich noch Meier hieß, im drittbesten Fall eine unverheiratete Schwester von Mathilde, welche den ledigen Namen ihrer Schwester trug, Schwegler, wenn sie richtig gelesen hatte, und im viertbesten Fall war es eine verheiratete Schwester Mathilde Meiers, die den ledigen Namen ihrer Schwester hinter dem Bindestrich nach ihrem Nachnamen trug. Dann gab es noch den schlimmsten Fall, nämlich den, dass Martin sie bloß »Tante« nannte, ohne dass sie mit der Familie verwandt war. Isabelle selbst hatte in ihrer Jugendzeit eine Freundin ihrer Mutter »Tante Anna« nennen müssen, was ihr immer zuwider gewesen war, da Anna offensichtlich keine Verwandte war.

Aber eigentlich war der Name Meier schon schlimm genug bei einer solchen Suche. Diese Tante jedoch, wer immer sie war, könnte nicht nur eine Spur zu den widerborstigen Meiers legen, sondern auch zurück zu Marcels Jugendzeit und dem, was ihm damals widerfahren war. Denn dass sich der Schweizer Marcel grundlos in den Kanadier Martin verwandelt hatte, konnte sich Isabelle nicht vorstellen, dass hingegen die Meiers etwas damit zu tun hatten, sehr wohl.

Bloß, wie sollte sie herausfinden, was es war? Und warum überhaupt?

Isabelle begann sich eine Einkaufsliste zu machen für das Nachtessen mit Véronique:

Bio-Lachs

Kartoffeln

Lattich

Tomaten

schrieb sie als Erstes darauf und überlegte sich dann, ob Véronique wohl gern Fisch hatte.

9

Sarah saß in der Straßenbahn, hatte ihre Tasche auf den Nebensitz gestellt und war in Gedanken versunken. Sie kam aus einer Ausstellung mit afrikanischer Kunst im Museum Rietberg. Eine Kollegin, die Ethnologie studierte, hatte ihr davon geschwärmt: »Eine Wucht«, hatte sie gesagt, »da musst du hin! Gerade du.« Wieso gerade sie, hatte Sarah gefragt, und die Kollegin hatte geantwortet, das seien doch auch ihre Wurzeln.

Waren sie das wirklich? Sarah war nie in Afrika gewesen, ihre Mutter hatte ihr zwar gesagt, wer ihr Vater war, aber sie hatte nie den Versuch gemacht, Kontakt mit ihm aufzunehmen. Auch ihre Mutter hatte, soviel sie wusste, keine Verbindung mehr mit ihm, hatte auch nie irgendwelche Ansprüche an ihn gestellt und war für ihre Erziehung und Ausbildung immer allein aufgekommen. Aus Afrika bekam man kein Geld, nach Afrika *schickte* man welches.

Sarah war als Schweizer Kind groß geworden, vom Hort über den Kindergarten, die Primarschule bis zur Mittelschule mit Matura-Abschluss, sie interessierte sich nicht stärker für Afrika als ihre weißen Mitschüler und Mitschülerinnen, ja oft sogar weniger, jedenfalls machte sie keine der Ethnomoden mit, die ebenso Schwarzafrika wie Lateinamerika imitieren konnten und sich in besonders bunten Kleidern ausdrückten, die plötzlich »in« waren, oder in kleinen Kultfigürchen, die auf einmal an jeder zweiten Halskette ihrer Freundinnen baumelten.

Sie hielt es sonst nicht lange in Ausstellungen aus, war aber heute, nachdem sie in das Souterrain des Museums hinuntergestiegen war, längere Zeit geblieben, war zwischen den Masken, Statuetten, Grabfiguren, Herrscherinsignien und Zeremonialstäben hin und her gegangen und hatte sich auf eine eigenartige Weise davon angezogen gefühlt. Als neben ihr ein ergrauter Mann in einem gut geschnittenen Anzug zu seiner Frau, die mit Ekel und Faszination auf eine Königsstatue mit einem riesigen Penis starrte, sagte: »Das ist halt schon eine ganz andere Kultur«, stieg Ärger in ihr hoch, Ärger über diese spießbürgerliche Ablehnung, Ärger über diese Sicherheit, dass dies alles nichts mit uns zu tun habe. Zugleich war in ihr ein sonderbares Gefühl wach geworden, ihr kam es vor, als wären hier Nachrichten für sie gelagert, die nur darauf gewartet hatten, dass sie sie abholte.

Vor einer Frauenmaske mit geschlossenen Augen und

halb geöffneten Lippen, hinter denen die Zähne zu sehen waren, verweilte sie länger. Ein Diadem und goldene Ohrringe wiesen sie als jemanden der gehobenen Klasse aus, aber der Kopfschmuck war eine wilde Mischung aus Geflochtenem, Gesticktem und Gezöpfeltem, mit wirren Netzen, die links und rechts hinunterhingen, und Sarah ertappte sich beim Gedanken, dass ihr diese Kopfbedeckung auch gut stehen würde. Ein strenges Antlitz mit rätselhaften Verzierungen. Stellten sie Tätowierungen dar, Symbole? Waren es Narben? Zeichen für zugefügtes Leid? Und die Schlange auf der Stirne? Sarah hätte Lust gehabt, die Maske anzuziehen, um zu sehen, wie es sich dahinter anfühlte.

Und zu einer Ahnenfigur war sie noch ein zweites Mal gegangen, aus dunkel glänzendem Holz war sie geschnitzt, der Kopf war im Verhältnis zum Körper zu groß, die Nase zu lang, die Augen gleichgültige Schlitze, nicht zum Sehen dieser Welt gemacht, die Arme fast affenartig lang und die Beine mit gebogenen Knien zu kurz, der Bauchnabel stand wie ein kleiner Vulkan vor, dessen Kraterrand immer noch an die Wunde der Geburt gemahnte, und unter einer Gürtelschnur hing der Penis hinunter, der Samenträger und Produzent künftiger Näbel. Die Figur erinnerte Sarah auf schmerzliche Weise daran, dass sie eine ganze Reihe von Vorfahren hatte, von denen sie nichts wusste, und der hier vor ihr stand, aus dunkel glänzendem Holz geschnitzt, und ihren Blick in sich hineinsaugte, war der Anführer einer Ahnenkolonne, die sich irgendwo in der zentralafrikanischen Savanne verlor.

Einmal, als Sarah in der vierten Klasse war, mussten sie einen Aufsatz schreiben mit dem Titel »Meine Großeltern«. Die Lehrerin hatte vorgeschlagen, sie sollten damit beginnen, wo sie wohnten, also »Meine Großeltern wohnen in Hinwil«, oder »Meine Großeltern wohnen in Brig«, oder auch »Meine Großeltern wohnen in Spanien«. Mit dem letzten Vorschlag wollte sie die Kinder von Migranten ermutigen, denn das komme ja häufig vor, sagte sie, dass Großeltern im Ausland wohnten, und das sei für die Enkelkinder bestimmt sehr spannend. Sarah hätte gut von ihren Schweizer Großeltern in Winterthur erzählen können, die sie sehr gerne mochte, doch stattdessen schrieb sie: »Meine Großeltern wohnten in Afrika im Urwald. Als dies zu schwer wurde, kamen sie in die Schweiz und wurden Schweizer. Ich habe sie sehr gern.« Dann wusste sie nicht mehr weiter.

Die Lehrerin, die um alles Multikulturelle sehr bemüht war, fand das interessant, aber als Sarah vor der Klasse Auskunft geben sollte, wie das gegangen sei und wo die Großeltern denn jetzt in der Schweiz wohnten, erschrak sie und sagte, sie seien bald darauf gestorben. Dann, sagte die Lehrerin, müsse sie »Ich *hatte* sie sehr gern« schreiben statt »Ich *habe* sie sehr gern«. Seither hatte Sarah, wenn immer es ging, vermieden, ihre Herkunft anzusprechen.

Eine weibliche Figur war da noch gewesen in der Ausstellung, vor der sie lange stehen geblieben war. Sehr schmal war sie, aus rötlichem Holz, mit spitzen, nach unten weisenden Brüsten, einem großen Bauchnabelwulst und einem Lendenschurz. Um den Hals trug sie eine Kette, die Haare waren durch einen eng anliegenden Kopfschmuck bedeckt, ihr Blick ging in die Weite, und sie hatte beide Hände hoch erhoben. Zur Abwehr oder zum Triumph? Die eine Hand war zur flachen Faust geballt, die andere war offen. Ein Dogon-Meister habe sie im 14. Jahrhundert gemacht, war auf der kleinen Begleittafel zu lesen.

Sarah war fasziniert von dieser dünnen Frau, die schon seit 600 Jahren ihre Hände in die Höhe hielt. Oder war es eine Warnung? Wem galt sie? Die Dogon lebten in Mali, das war dort, wo ihr Vater herkam. Ob er selbst zum Volk der Dogon gehörte? Dann wäre sie, Sarah, auch eine Dogon-Frau, mindestens zur Hälfte. Die andere Hälfte stammte von Winterthur ab, vom Volk der Winterthurer sozusagen.

Die Figur war in einer Glasvitrine ausgestellt, und als Sarah plötzlich ihr eigenes Spiegelbild sah, hinter dem die Afrikanerin ihre Hände erhob, war sie eigentümlich berührt und konnte sich lange nicht von ihr loslösen. Der Gedanke, sie sei vielleicht zwei Wesen, war ihr noch nie in dieser Deutlichkeit erschienen und hatte sie auch noch nie so erschreckt. Etwas Unklares war da, das sie verwirrte und dem sie nun nachhing.

Sie fuhr zusammen, als eine Frau aus dem Volk der Zürcher sie in ihrem schneidenden Dialekt anherrschte: »Händ Sie für Ihri Täschen au es Bileet zahlt?« Rasch ergriff sie ihre Tasche, stand auf, ohne ihre Gegnerin anzusehen, und ging zur nächsten Tür. Als diese sich öffnete, stieg sie aus und merkte, dass sie zu weit gefahren war.

Sie stand am Schaffhauserplatz, blickte einen Moment etwas ratlos auf die Tramschienen, die sich hier verzweigten, ging dann zur Haltestelle in der Gegenrichtung hinüber, doch als nun als nächstes ein Elfer dahergefahren kam, stieg sie ein und beschloss, mit ihm ein paar Stationen weiter zu fahren und ihre Mutter zu besuchen.

Am Bahnhof Oerlikon stieg sie aus, kaufte in der Confiserie ein paar Pralinés und schlenderte dann an einem Einkaufszentrum vorbei, vor dem ein Schwarzer ein Straßenmagazin feilbot, blieb einen Moment vor dem Schaufenster eines Modegeschäfts stehen, in welchem alle ausgestellten Kleider wie Gehenkte an Drahtschlingen hingen, trank an einem Brunnen, der während ihrer Schulzeit hier aufgestellt worden war, ein paar Schlucke Wasser, das aus einem Fisch floss, den ein sitzender Bronzeknabe in der Hand hielt, um dann etwas hangaufwärts zum großen Wohnblock zu gehen, in dem ihre Mutter wohnte und in dem sie bis vor kurzem auch gewohnt hatte.

Im Eingangsraum des Wohnblocks stand ein älterer Mann vor den Briefkästen, drehte sich zu Sarah und blickte ihr nach, als sie zum Lift ging. Sarah war es gewohnt, dass ihr Männer nachschauten, und gewöhnlich reagierte sie nicht darauf. Aber etwas an dem hier gefiel ihr nicht; als sie im Lift stand, drehte sie sich um und sah, dass er ihr immer noch nachblickte. Die Lifttür schloss sich, und sie drückte die Nummer 5.

Aus der Wohnungstür »Rast« drang der Geruch von gebratenem Fisch. Sarah hatte zwar immer noch einen Hausschlüssel, wollte jedoch ihre Mutter nicht erschrecken und klingelte. Ihr schien, ihre Mutter erschrecke trotzdem.

»Sarah – was für eine Überraschung!«

»Hallo Ma, ich wollte nur mal kurz vorbeikommen und schauen, wie's dir geht – oh, du hast Besuch.«

Sarah schloss die Wohnungstür und sah, dass im Wohnzimmer eine blonde Frau vor einem Aperogetränk saß, eine Frau, die sie nicht kannte. Der Tisch war fast festlich gedeckt, und einen Moment lang überlegte sie sich, ob ihre Mutter vielleicht eine lesbische Seite hatte, die ihr bisher entgangen war. Doch dann stellte Isabelle die beiden Frauen einander vor, und bei Véronique fügte sie hinzu, dass sie die Frau des Mannes sei, der auf dem Bahnhof gestorben war.

Oh, sagte Sarah in schlechtem Französisch, das tue ihr leid, ihre Mutter habe ihr davon erzählt.

»Merci, c'est gentil«, antwortete Véronique und fügte dann hinzu, sie könne auch englisch sprechen, if you prefer.

Sarah lachte und sagte: »Yes, please. My French is not too good.«

Ob sie nicht mit ihnen essen wolle, sagte Isabelle zu Sarah, es gebe Bio-Lachs, und sie habe sehr reichlich eingekauft, den Reis habe sie noch gar nicht aufgesetzt, da sie den Fisch niedergare, und das dauere noch etwas.

Sarah hatte sich zwar vorgenommen, heute Abend Völkerrecht zu lernen, das sie für die nächste Prüfung brauchte, denn sie hatte schon den Nachmittag ausgelassen, wegen der Ausstellung, die morgen zu Ende ging, aber es war so ungewöhnlich, ihre Mutter mit dieser Frau hier zu sehen, der Frau, die mit der seltsamen Geschichte zu tun hatte, welche ihrer Mutter passiert war, dass sie beschloss, hierzubleiben. Vielleicht, dachte sie, konnte sie ja auch nach dem Essen, wenn die Kanadierin gegangen wäre, mit ihrer Mutter über das sprechen, weswegen sie eigentlich hierhergekommen war.

10

Sie beneide sie schon ein bisschen darum, dass sie studieren könne, sagte Véronique zu Sarah, sie selber habe bloss die Ausbildung zur Primarlehrerin gemacht, vier Geschwister seien sie gewesen, der Vater Buchhändler mit einem eigenen Laden, ständig im Kampf ums Überleben, die Mutter habe in einem Kinderhort gearbeitet, da sei der finanzielle Spielraum nicht gross gewesen, und sie habe auch darauf geachtet, möglichst bald unabhängig zu werden.

»Und warum Jurisprudenz?« fragte sie Sarah.

Das könne sie auf zwei verschiedene Arten beantworten, sagte Sarah. Die erste sei die, dass sie Menschen, denen Unrecht getan wurde, zu ihrem Recht verhelfen möchte, also Opfern von Gewalt, Missbrauch oder Betrug, Menschen, die sich selbst nicht wehren können oder die Möglichkeiten dazu nicht kennen. Gerade gestern sei in der Zeitung die Geschichte eines Mannes geschildert worden, der in seiner Kindheit in einem Kloster von einem sadistischen Pater furchtbar gequält worden sei, und der beim Versuch, die heutige Klosterschule zur Rechenschaft zu ziehen, gescheitert sei. Für so jemanden würde sie sich gerne einmal einsetzen, das sei ja das Letzte, in unserm viel gerühmten Land.

Véronique nickte. »Und die zweite Antwort?«.

»Dass ich möglichst viel verdienen möchte«, sagte Sarah, und ein Lächeln ließ ihre zwei schneeweißen Zahnreihen sehen.

»Mit Opfern?«, fragte Isabelle.

»In der Wirtschaft. Joint Venture-Verträge internationaler Firmen und so. Verstöße von Multis gegen Regeln eines Landes. Habt ihr mal gehört, um welche Summen es da geht? Da werden Bußen von 400 Millionen verhängt, in der EU oder in den USA. Bei solchen Rechtsfällen musst du als Anwalt dabei sein, dann hast du bald einen goldenen Arsch.«

»Na, na«, sagte Isabelle, »und das interessiert dich wirklich?«

»Warum nicht?«, antwortete Sarah, »ein Freund von mir arbeitet jetzt in einer Zuger Kanzlei, dort, wo all die Holdings sitzen, von Glencore an aufwärts, die schwimmen im Geld, kann ich euch sagen.«

»Das musst du selbst wissen«, sagte Isabelle, »wenn

du mich fragst, ich finde, dein Arsch ist auch ohne Gold schön genug.«

Die drei Frauen lachten, Isabelle schenkte noch etwas Weißwein nach und fragte, ob sich jemand für das letzte Stück Lachs interessiere. Véronique winkte ab, Sarah sagte, sie nehme es schon, wenn es sonst niemand wolle.

Während sich Sarah mit Genuss über ihr Supplément hermachte, sagte Véronique, dieser Lachs sei wirklich ausgezeichnet geraten, und immerhin komme sie aus einer Gegend, wo man sehr viel Lachs esse. Bei ihnen werde er allerdings meistens gebraten oder grilliert, aber das Niedergaren werde sie sich merken.

Dann seufzte sie und sagte leise, bloß für wen – but for whom?

Alle drei schwiegen einen Moment.

Sarah kaute ganz langsam weiter, da war aus dem Badezimmer der Klingelton eines Handys zu hören. »Ist das deins?« fragte Sarah. Isabelle verneinte. »Is it yours?« Véronique schüttelte den Kopf.

»Dann lass mich mal«, sagte Sarah, stand auf und ging ins Badezimmer.

Sie sprach so laut, dass man jedes Wort ihres Gesprächs im Wohnzimmer hörte.

»Wer sind Sie? - Geben Sie mir Ihre Nummer! – Was Sie wollen, ist mir scheißegal. – Hören Sie sofort auf, meine Mutter zu belästigen – sie ist nicht allein! Ist das klar?«

Mit gerötetem Gesicht kam sie zurück zum Tisch. »Das war wieder der anonyme Macker, der irgendwas von dir will, aber dem hab ich's gegeben.«

Véronique nickte erstaunt und anerkennend und fragte dann, worum es gegangen sei. Sarah fragte ihre Mutter, ob denn Véronique das Handy ihres Mannes noch nicht zurückbekommen habe, worauf Isabelle sagte, sie habe es ihr heute Abend geben wollen.

»Okay, so this is yours«, sagte Sarah und schob es Véronique über den Tisch, »it belonged to your husband.«

Nein, sagte Véronique, Martins Handy habe sie schon, es sei im Hotel gewesen.

Nun erzählte ihr Isabelle, wie sie zu diesem Handy gekommen war, und wie da plötzlich einer dran gewesen sei, der offenbar diese Nummer kannte und Martin daran hindern wollte, zur Beerdigung von Mathilde Meier zu kommen, also die Beerdigung, deretwegen Martin in die Schweiz gereist war. Im Übrigen habe er sie nach Marcel gefragt, nicht nach Martin.

»Und hast du ihm gesagt, er sei tot?«

»Ich kam nicht dazu, nein, auch auf dem Friedhof nicht.«

»Wieso auf dem Friedhof? Was hast du auf dem Friedhof gemacht?« Sarah war richtig aufgebracht, und Isabelle wurde klar, dass sie diese Episode, die sie sowohl ihrer Tochter als auch Véronique verschwiegen hatte, nun erzählen musste. Dass sie sich als Marcels Freundin ausgegeben hatte, ließ sie allerdings aus.

»Also ist es ein Sohn von Mathilde Meier, der Martin sucht«, sagte Sarah, nachdem sie die Geschichte gehört hatte.

»Das hat er nicht zugegeben«, sagte Isabelle, »und er sucht Marcel, den Martin von früher.«

Sarah wurde heftig: »Du musst ihm unbedingt sagen, dass er tot ist, und dass du damit nichts zu tun hast!«

»Das werde ich«, sagte Isabelle, »das werde ich, sobald er wieder anruft.«

»Ich hab ihm grad gesagt, er soll nicht wieder anrufen.«

Isabelle seufzte. »Das hab ich gehört.«

Véronique fragte nun, ob sie richtig gehört habe, dass Martin in seiner Schweizer Zeit Marcel geheißen habe.

Ob sie das nicht gewusst habe, fragte Isabelle.

Véronique schüttelte ratlos den Kopf.

Als Sarah sie nun nach dem fragte, was sie von Martins früherem Leben wusste, erhielt sie dieselbe Antwort wie Isabelle. Nichts habe er ihr erzählt, gar nichts, er habe sie auch gebeten, nicht danach zu fragen, habe ihr aber versichert, er habe nichts Schlechtes getan.

Sarah blickte auf ihren Teller mit dem halb gegessenen Stücklein Lachs und nahm Messer und Gabel wieder in die Hand. Dann legte sie das Besteck gleich wieder hin, stand auf, hastete zur Wohnung hinaus, ohne die Tür zu schließen, und rannte das Treppenhaus hinunter.

»Sarah!«, rief Isabelle und ging zur Wohnungstür, »was ist los?«

Als Sarah nach ein paar Minuten zum Lift heraustrat, sagte sie ihrer Mutter, also, sie gebe ihr jetzt ein Signalement des Anrufers durch, ca. 175 cm groß, leicht vorgebeugt, ein eher plattes Gesicht, stechender Blick, wahrscheinlich über 70jährig, dunkelbraune Jacke, dunkelbrauner Filzhut.

Isabelle lächelte, verständnislos.

»Sicher könnte er das sein, oder auch nicht. Auf dem Friedhof war er schwarz gekleidet. Wie kommst du denn darauf?«

So einer habe unten bei den Briefkästen gestanden, als sie gekommen sei, sagte Sarah, leider sei er jetzt weg.

Der könne doch gar nicht wissen, wo sie wohne, sagte Isabelle.

»Warum nicht?«

»Er hat nur diese Handynummer, und er weiß nicht, wie ich heiße.«

Sarah fragte nach den andern Angehörigen, die bei der Beerdigung waren, und Isabelle versuchte die Gruppe in Gedanken wieder zusammenzusetzen.

»Aha«, sagte Sarah, als sie vom Halbwüchsigen erzählte, »den könnte er dir doch nachgeschickt haben.«

Isabelle schwankte zwischen Verärgerung und Verzweiflung.

»Ach was, ich hab die Leute ja gar nicht mehr gesehen!«

»Aber sie dich, vielleicht.«

»Und was heißt das?«

»Was weiß ich? Aber glaub mir, der spioniert dir nach. Mir macht das Angst.«

Sie rückte ihren Teller etwas von sich weg.

Véronique sagte, dass Isabelle auf den Friedhof gegangen sei, rühre sie sehr, und es tue ihr leid, dass sie nun ihretwegen »into trouble« gerate. Was sie ganz und gar nicht verstehe, sei dieser zweite Apparat und dass da jemand von der andern Familie die Nummer kenne. Aber das müsse mit seiner Jugend zusammenhängen, und sie ahne jetzt, warum er ihr nie etwas erzählt habe.

»Warum?« fragte Sarah.

»Da gibt es offensichtlich eine Geschichte, und die Meiers wollen nicht, dass sie irgendjemand erfährt.«

Isabelle trug die Teller ab und brachte dann Schalen mit Fruchtsalat. Es kam kein Gespräch mehr auf.

Als Sarah ihre Mutter fragte, ob sie heute hier übernachten könne, erfuhr sie, dass Véronique bei ihr zu Gast war.

»Und sie schläft in meinem Zimmer?«

»In deinem früheren Zimmer, Sarah.«

Natürlich, dachte Sarah, ich bin ja ausgezogen. Aber

sie merkte erst jetzt, was das bedeutete. Ihre Mutter konnte über ihr Zimmer verfügen, als hätte sie nie darin gewohnt.

11

Als Véronique erwachte, wusste sie nicht gleich, wo sie war. Sie hielt einen großen Stoffeisbären im Arm, und ein Seelöwe blickte sie an, der auf einer Klippe in der Meeresbrandung saß. Sie drehte den Kopf und sah den Schwanz eines Walfisches, der in die Tiefe abtauchte.

Die Poster hingen in Sarahs Zimmer, das ihr Isabelle zum Übernachten angeboten hatte, und den Eisbären hatte sie sich gestern Nacht von einem Regal geholt, als sie sich verlassen und elend fühlte. Gerade noch war sie im Traum mit Martin in einem Bus gesessen, der durch eine endlose Ebene fuhr, und hatte sich seltsam geborgen gefühlt, doch nun wusste sie wieder, es gab keinen Martin mehr, der Platz neben ihr war leer und würde leer bleiben.

Bevor sie weinen musste, stellte sie das Kuscheltier auf das Regal, stand auf, kurbelte die Jalousien hoch und blickte zum Fenster hinaus. Es war Tag, und durch einen leichten Dunstschleier schien die Sonne. Über den Dächern sah sie das Hotelhochhaus, in dem sie nach ihrer Ankunft gewohnt hatte, daneben ein zweites Hochhaus mit farbigen Ringen zuoberst an der Fassade, weiter entfernt hohe Kamine, mit roten Streifen bemalt, aus beiden stiegen Rauchfahnen, und an beiden blinkten Warnlichter. Das sollte die Schweiz sein?

Sie setzte sich auf den Bettrand und stützte ihren Kopf in die Hände. Halb neun. Die Zeitumstellung war ihr noch nicht gelungen. Lange hatte sie wach gelegen gestern, und wäre sie nicht vom unausweichlichen Drang zur Toilette geweckt worden, hätte sie sich jetzt sofort wieder umdrehen können, um weiterzuschlafen. Als sie leise die Tür öffnete und zum Badezimmer ging, duftete es in der Wohnung bereits nach Kaffee, und Isabelle streckte ihren Kopf aus der Küche.

»Bien dormi?«

»Plus ou moins, merci.«

Véronique verschwand im Bad, und Isabelle rief ihr nach, sie brauche sich nicht zu beeilen.

Wieder im Zimmer, legte sie sich nochmals einen Moment hin, nahm den Stoffeisbären mit beiden Händen an ihre Brust und dachte darüber nach, was sie heute noch tun musste.

Ihre Geschwister hatte sie vor ihrer Abreise in die Schweiz informieren können, und ihr älterer Bruder hatte sie vorgestern Abend auf ihrem Handy angerufen, um zu hören, was genau passiert sei. Den Club der pensionierten Schiffsangestellten, in dem Martin seine Kollegen traf, hatte sie gestern von Zürich aus erreicht, sein Freund Percy, den sie gut kannte, war schockiert und wollte es fast nicht glauben. Auch Frédéric vom Reisebüro »Grands tours«, bei dem Martin seinen Flug gebucht hatte und der auch Véroniques Flug organisiert hatte, war fassungslos gewesen. Er hatte sie dann zurückgerufen, um ihr zu sagen, sie bekomme von der Airline etwas von Martins Retourticket zurückerstattet, diese verlange aber einen Totenschein. Ob sie ihm den faxen könne? Man hatte ihr auf dem Bestattungsamt eine Kopie davon gegeben, doch beim Auschecken hatte sie nicht mehr daran gedacht. Sicher wusste Isabelle, von wo aus sie das am besten tun könnte.

Bei der Aussicht, noch länger im Hotel bleiben zu müssen, in dem Martin logiert hatte, war sie gestern auf einmal von einer Panik gepackt worden, hatte Isabelle angerufen, und diese hatte sie sofort samt ihrem und Martins Gepäck abgeholt und zu sich nach Hause gebracht.

Ob man die Kreditkarte sperren lassen musste, wenn jemand starb? Aber die Karte war bei ihr, und ein Toter konnte nicht unterschreiben. Musste man das Einwohneramt von hier aus benachrichtigen? Die Rentenkasse? Die Lebensversicherung, in die er bis zuletzt Prämien einbezahlt hatte? Ob die auch den Totenschein per Fax wollten? Aber sie hatte gar keine Nummer bei sich, die lag sicher zu Hause bei Martins Unterlagen. Eine Todesanzeige für die Zeitung? Nous avons le regret d'annoncer le décès de… Wir haben die schmerzliche Pflicht… Das hatte alles Zeit bis nach ihrer Rückkehr. Mit Angéline, ihrer besten Freundin, hatte sie gestern lange telefoniert, das genügte ihr vorderhand.

Doch, den Schulleiter sollte sie anrufen, wegen der Dauer ihrer Abwesenheit, das musste sie sich für den Nachmittag vormerken, denn Kanada hinkte der Schweizer Zeit um sechs Stunden nach.

Véronique seufzte. Sie hatte keine Erfahrung im Verwitwen. Gab es hier noch etwas, das sie tun musste, außer auf die Asche ihres Mannes zu warten?

Was sie bedrückte, war die Geschichte mit Martins früherer Pflegefamilie, und dass diese Geschichte nun auf Isabelle übergegriffen hatte, mit den unangenehmen Anrufen. Hatte sie die Möglichkeit, darüber noch irgendetwas in Erfahrung zu bringen?

Die Tante. Die musste über die Familie Bescheid wissen, und von ihr würde sie endlich auch etwas über Martins Jugendzeit erfahren. Wieso hatte er ihr nie mehr von ihr erzählt? Sie wusste nicht einmal ihren Namen. Die wenigen Male, da sie ihn mit ihr am Telefon sprechen gehört hatte, hatte er sie nur »Tanti« genannt. War ihre Nummer in seinem Adressbüchlein, das sie nicht bei seinen Effekten im Hotel gefunden hatte? Wahrscheinlich hatte er es in der Hast des Aufbruchs zu Hause liegen gelassen. Nach dem Frühstück würde sie nochmals Martins ganzen Koffer durchsuchen, er sollte sich doch irgendwo aufgeschrieben haben, wo sie wohnte. Dass er sie nicht besuchen wollte, wenn er in Zürich war, schien ihr unwahrscheinlich. Ob sie allerdings in Zürich wohnte, wusste sie nicht. Aber bestimmt in der Schweiz, etwas anderes konnte sie sich nicht vorstellen.

Diese Adresse würde auch Isabelle helfen.

Isabelle. Wie gut, dass sie bei ihr sein durfte.

Der Abend gestern, mit Isabelles Tochter, das war wie bei einer langjährigen Freundin gewesen, wäre ihr bloß nicht ständig in den Sinn gekommen, weshalb sie hier war. Es fiel ihr schwer, das als Wirklichkeit anzuerkennen, und nicht als einen Traum zu sehen, aus dem sie irgendeinmal wieder erwachen würde.

Sie legte den Eisbären ans Kopfende des Bettes, stand auf und sah auf dem Schreibtisch die Zeichnung, die der Schüler gestern gemacht hatte. Erstaunlich gut war sie, beide waren sie darauf zu erkennen. Sie war wie eine Bestätigung, dass sie wirklich in Zürich war. Sie stellte das Papier an die Tischlampe und legte einen Radiergummi davor.

Eigentlich, überlegte sie sich, könnte sie Isabelle auch hassen. Wäre sie nicht in der Unterführung gestanden, anmutig und etwas hilflos, hätte er ihr nicht den Koffer die Treppe hinaufgetragen und wäre noch am Leben. War nicht sie letztlich schuld an Martins Tod?

Auf einmal schlich sich ein hässlicher Verdacht in ihre Gedanken. Stimmte es überhaupt, was ihr Isabelle erzählte? Martin war am Sonntagmittag in Zürich angekommen und am Montagvormittag gestorben. Isabelle wohnte im selben Viertel, in dem das Hotel stand. Hatte er sie am Abend vorher zufällig kennengelernt, mit ihr die Nacht verbracht und sie dann zum Flughafen begleiten wollen? Das wäre auch ein Grund für ein Herzversagen, und Isabelle war ein Typ von Frau, der Martin gefiel, da war sie sicher. Isabelles Darstellung der Begegnung mit Martin war in keiner Weise überprüfbar, und dann wäre ihre Hilfsbereitschaft nichts als eine Folge ihres schlechten Gewissens. War sie nicht unsicher geworden, als sie sie gefragt hatte, woher Martin gekommen sei?

Véronique zog ihren Morgenmantel über ihr Pyjama, schaute sich im Spiegel neben der Tür kurz an und strich ihre Haare zurecht. Sie würde sich zwingen, Isabelle so zu begegnen, als kenne sie sie nicht.

Doch das war ihr nicht möglich.

Isabelle hatte in der Küche ein Frühstück bereit gemacht, kam auf sie zu und küsste sie.

»Bonjour, ça va avec le jet lag?«

Sogleich schämte sich Véronique ihres Verdachts, denn hier sprach ohne Zweifel keine Lügnerin.

Sie spüre ihn schon noch, den Jetlag, sagte sie, und fügte dann hinzu, vielleicht sei es ebenso ein death lag, denn Martins Tod sei immer noch nicht wirklich bei ihr angekommen, im Traum sei sie heute mit ihm Bus gefahren.

Das tue ihr leid, sagte Isabelle, fragte dann, ob Café au lait für sie in Ordnung sei, was Véronique bejahte, hielt ihr das Körbchen mit den Croissants hin, die sie heute Morgen in der Bäckerei geholt hatte, und dann frühstückten sie eine Weile schweigend.

Bei der zweiten Tasse Kaffee fragte Isabelle Véronique, ob sie heute noch etwas erledigen müsse, und diese erzählte ihr die Geschichte mit dem Totenschein, den sie offenbar faxen sollte. Das könne man von der Post aus machen, sagte Isabelle, und als Véronique fortfuhr, sie wolle nochmals Martins ganzen Koffer durchsuchen, um die Adresse seiner Tante zu finden, nickte Isabelle und sagte, das würde ihnen beiden weiterhelfen, denn sie selbst könnte auf die Weise auch den Sohn von Mathilde Meier finden, der sie mit diesen seltsamen Anrufen belästige.

Ihr Telefon klingelte. Es war Sarah, die ihr sagte, sie sei in der Museumsgesellschaft und habe die beiden Zürcher Zeitungen nach einer Todesanzeige für Mathilde Meier durchgesehen, aber keine gefunden. Dann habe sie die Friedhofsverwaltung angerufen und nach den Angehörigen gefragt, aber die gäben keine Auskunft, aus Datenschutzgründen.

Das sei sehr lieb, sagte Isabelle, aber sie brauche sich wirklich nicht darum zu kümmern, sie habe bestimmt Gescheiteres zu tun.

Es beunruhige sie einfach, sagte Sarah, dass da eine Geschichte am Laufen sei, die sie nicht verstehe, und der Typ unten am Eingang gestern habe ihr gar nicht gefallen.

»Sarah, wenn ich das Gefühl haben sollte, ich sei in irgendeiner Gefahr, würde ich es dir sagen.«

»Aber sicher?«

»Sicher, Schatz.«

Gut, sagte Sarah, aber eine Frage wäre da noch. Sie habe sie doch gefragt, was die roten und die blauen Pfeile auf dem Handy bedeuteten. Wie viele rote es da gegeben habe.

Einen, sagte Isabelle, und bevor ihre Tochter weiterfragen konnte, sagte sie, sie habe die Nummer ausprobiert, das sei die Stadtverwaltung von Uster gewesen, die Martin offenbar am Montagmorgen angerufen habe.

»Aha«, sagte Sarah, »jetzt wissen wir doch schon ein kleines bisschen mehr.«

»Was denn?«

»Der Kanadier Martin Blancpain stammt aus Uster.«

12

»Also«, sagte der Zivilstandsbeamte der Einwohnergemeinde, schaute durch seine Lesebrille nochmals auf Martins Totenschein und dann über die Brillenränder hinweg zu seinen Besucherinnen, »das Geburtsdatum wäre der 28. Januar 1940.«

Er legte ein großformatiges, schweres schwarzes Buch auf die Theke und bat die beiden Frauen, sich auf die zwei Stühle vor dem Bürocorpus zu setzen. Als Sarah sagte, es mache ihnen nichts aus zu stehen, präzisierte er, dies sei mehr als eine Bitte, es sei notwendig, damit sie keine Einsicht in das Buch bekämen.

»Oh, natürlich«, sagte Sarah und erklärte Véronique, sie hätten sich zu setzen, damit sie keine Dinge sähen, die nicht für ihre Augen bestimmt seien.

Der Beamte warf ihr einen Blick zu, der verriet, dass er die Ironie wohl gehört hatte, und Sarah nahm sich vor, so korrekt wie möglich zu bleiben, denn eigentlich hätte Véronique ein Gesuch beim Kanton einreichen müssen, um diese Abklärung machen zu können, doch der Beamte war ihr bei der Schilderung ihrer Situation entgegengekommen und hatte zu Sarah, die sich als Véroniques Übersetzerin vorgestellt hatte, gesagt, sie drückten in dem Fall ein Auge zu.

Er begann nun im Buch zu blättern. 1940, sagte er lächelnd, das sei eben noch ein kleines bisschen vor der Digitalisierung gewesen, und Sarah lächelte pflichtbewusst mit.

Sie war kurz nach ihrem Anruf bei Isabelle erschienen und hatte sich anerboten, mit Véronique auf das Einwohneramt in Uster zu fahren, um nachzuforschen, ob sie dort einen Hinweis auf Martins frühere Existenz fänden.

Véronique hatte versucht abzuwehren, bestimmt brauche sie ihre Zeit für ihr Studium, Isabelle hatte vorgeschlagen, sie könne mitfahren, aber Sarah hatte lachend gesagt, sie sei im Moment froh um jede Ausrede, nicht lernen zu müssen, und Isabelle solle daran denken, dass sie immer noch Rekonvaleszentin sei und sich nicht zu viel zumuten sollte.

Und so blickten nun die beiden Frauen auf den grauhaarigen Mann in seinem hellblauen Blazer, der eine Seite nach der andern umblätterte, bis er innehielt und eine Stelle im Buch fixierte. Er verglich sie mit dem Totenschein, schaute dann die Besucherinnen an und gab ihnen bekannt, dass an diesem Tag zwei Geburten eingetragen seien, eine von Weber Anna, die falle ja wohl weg, und die andere von Wyssbrod Marcel, doch, indem er mit dem Kopf auf den Schein wies, das stimme ja auch nicht mit diesem Namen überein.

»Aber Marcel käme in Frage«, sagte Sarah, »so hieß er früher – oder gibt es auch ein Todesdatum?«

Da müsse er, sagte der Beamte, das Bürgerregister holen, denn als Heimatort der Mutter sei Uster angegeben. Ob sie das wollten?

Sarah nickte. »Gerne. Sehr gerne.«

Er bat sie um einen Moment Geduld, und während er auf die Suche nach Marcel Wyssbrod, Bürger von Uster, ging, versuchte Sarah Véronique zu erklären, was der Unterschied zwischen Einwohner- und Bürgergemeinde war, was ihr nicht ganz leichtfiel. Man habe hier einen Ort, an dem man wohne, und einen Ort, woher man stamme oder woher die Vorfahren stammten, und das zweite sei eben die Bürgergemeinde. Sie zum Beispiel habe als Bürgerort ein Dorf im Kanton Luzern, in dem sie noch nie gewesen sei. Véronique wunderte sich. Bei ihnen werde nur der Geburtsort verzeichnet.

Der Beamte kam mit einem ebenso gewichtigen und ebenso schwarzen Buch zurück, das er auf das andere legte. »Noch ein prähistorisches Dokument«, sagte er, öffnete es und hatte schon bald die richtige Seite gefunden.

»Und?« fragte Sarah, »gibt es ein Todesdatum?«

»Das nicht, bloß –«, er rückte seine Brille zurecht und stockte einen Moment.

»Bloß was?«

»Marcel Wyssbrod ist am 4. August 1962 für verschollen erklärt worden.«

Véronique blickte Sarah fragend an, doch diese wusste nicht, was »verschollen« auf englisch hieß.

Sarah wandte sich an den Beamten: »Wissen Sie –«

»Missing«, sagte der.

»That would also fit«, meinte Véronique, das würde auch passen.

Ob er ihnen die beiden Einträge fotokopieren könne, fragte Sarah.

Das dürfte schwierig sein bei dem Format, sagte der Beamte mit dem Anflug eines Lächelns, aber er schreibe ihnen von beiden einen Auszug, mit dem Stempel der Gemeinde, der als offizielle Bestätigung gelte. Die Gebühr betrage allerdings 30 Franken pro Dokument.

»But what about the name?« fragte Véronique, indem sie Sarah und den Beamten anschaute.

Dass Menschen, die sich in einem anderen Land eine andere Existenz zulegen wollen, den Namen wechseln, komme immer wieder vor, sagte der Beamte, und wenn sich Marcel oder Martin im französischsprachigen Teil Kanadas niedergelassen habe, wäre es logisch, wenn er auch einen französischen Namen angenommen hätte, und eine kleine Parallele falle da ja sofort ins Auge, n'est-ce pas?, und er schaute Sarah an.

Sarah fiel keine Parallele ins Auge.

»Was isch es Wyssbrot uf französisch?« fragte er sie.

»Un pain blanc?«, sagte Sarah.

»Eben.«

»Blancpain!« rief Sarah, sprang auf und schlug sich an die Stirn, »Klar!«

Der Beamte schloss sofort den Buchdeckel, behielt aber eine Hand zwischen den Seiten.

Sarah erklärte Véronique den Zusammenhang. Diese nickte. Es wurde immer wahrscheinlicher, dass sie auf Martins Spur gestoßen waren.

In einer Cafeteria tranken sie einen Cappuccino, und wenig später betraten sie die Eingangshalle des Bezirksgerichtes. Sarah erläuterte der jungen Frau am Empfang, die hinter einer Panzerglasscheibe stand, worum es ging. Sie legte die Kopie aus dem Bürgerregister vor und fragte, ob sie die Akten des damaligen Gerichtsverfahrens einsehen dürften, die zur Verschollenheitserklärung geführt hatten.

Sie bekam zur Auskunft, heute sei Freitag, und leider arbeite die zuständige Gerichtsschreiberin nur 80% und sei erst am Montag wieder da. Diese müsste dann vorgängig feststellen, ob sie zur Einsicht legitimiert seien.

Aber die 50-Jahresfrist sei doch gerade abgelaufen, warf Sarah mit einem Blick auf die Kopie ein.

Da gebe es verschiedene Fristen, und das abzuklären sei eben Sache der Gerichtsschreiberin, doch wenn die Legitimation anerkannt werde, müssten sie das Dokument wohl noch am selben Tag zu sehen bekommen. Die Gerichtsurteile würden alle in ein Buch eingebunden.

Sarah übersetzte Véronique den Bescheid. Sie ärgerte sich über den Persönlichkeitsschutz und über Teilzeitstellen und Job Sharing, über all das, wofür sie sich sonst einsetzte.

Als Véronique sagte, ihr Rückflug sei erst für Mittwoch gebucht, und sie sei sehr zufrieden, wenn sie am Montag mehr von Martins Geschichte erführen, seufzte Sarah und sagte, ihre Geduld möchte sie haben.

Plötzlich schnipste sie mit den Fingern, schaute auf die Uhr und bat Véronique, nochmals mit zur Stadtverwaltung zu kommen, sie habe etwas zu fragen vergessen.

Mit schnellen Schritten durcheilten sie die Gerichtsstraße, und um fünf vor zwölf waren sie wieder im Stadthaus.

»Glück gehabt«, sagte Sarah keuchend zum jungen Mann im Empfangsbüro, »ihr macht sicher gleich Mittag.«

»Glück gehabt«, antwortete dieser salopp, »Freitag haben wir durchgehend bis halb vier offen – worum geht's denn diesmal?« Er hatte sie am Vormittag schon zum Zivilstandsamt verwiesen. Sarah fragte ihn, ob er am Montag Dienst gehabt habe.

»Ich war die ganze Woche auf dem Posten«, sagte er, der sichtlich Gefallen an Sarah fand.

»Erinnern Sie sich an einen Telefonanruf am Montagmorgen?«

Na, sagte der junge Mann amüsiert, an welchen der drei Dutzend er sich denn erinnern solle und warum.

Sarah legte ihm die Kopie des Eintrags von Marcel Wyssbrod hin, erklärte ihm, dass er für verschollen erklärt wurde, jedoch in Wirklichkeit nach Kanada ausgewandert sei, dass Véronique seine Frau sei, aber nichts von seiner Vergangenheit wisse, und dass sie nun auf der Suche nach seiner Herkunft seien.

Der Mann wollte nicht recht begreifen. Warum sie ihn denn nicht selbst frage?

Er sei letzten Montag Mittag in Zürich gestorben, habe aber laut seinem Handy am Morgen noch auf der Stadtverwaltung angerufen, und sie hätten einfach gern gewusst, mit wem er da gesprochen habe und warum.

Jetzt wurde der Mann ernster. »Hören Sie«, sagte er, »ich darf Ihnen da –«

»Bitte kein Persönlichkeitsschutz«, fiel ihm Sarah ins Wort, »der Mann ist tot, und die wichtige Persönlichkeit ist jetzt seine Frau, eh, seine Witwe, die hier steht, und die aus Kanada angereist ist und auf seine Asche wartet und – verstehen Sie mich?«

Sie blickte ihn aus ihren dunklen Augen an, bis er seinen Blick senkte. Dann hob er seinen Kopf wieder:

»Und wer sind Sie, wenn ich fragen darf?«

»Ihre Nichte«, sagte Sarah, ohne zu überlegen.

Der Mann spielte mit seinem Kugelschreiber und schaute zum Telefon.

»Also«, sagte er dann, »weil Sie's sind – einer rief an und fragte nach der Armenbehörde, und dieser Ausdruck fiel mir auf, weil er von früher ist, ich wollte ihn mit dem Sozialamt verbinden, doch die hatten an diesem Vormittag eine große Sitzung, und bis 11 Uhr war niemand telefonisch zu erreichen.«

»Danke«, sagte Sarah, »danke, ich glaube, das war er. Hat er sich mit Blancpain angemeldet?«

»Könnte sein, ja, ich hab ihn nicht so gut verstanden. Es kam auch kein zweiter Anruf mehr.«

»Um 11 Uhr war er schon tot«, sagte Sarah.

»Oh – das tut mir leid«, sagte der Mann mit Blick auf Véronique, »I am very sorry.«

»Thank you«, sagte Véronique.

Der Mann nickte und sagte zu Sarah: »Das Sozialamt ist im ersten Stock.«

Die hagere Frau, die ihnen dort wenig später gegenübersaß und sich als Frau Stehli, Sozialarbeiterin, vorstellte, hatte einen etwas bekümmerten Gesichtsausdruck, und Sarah fragte sich, ob das ihr Berufsblick war, den sie aufsetzte, wenn sie am Morgen ihr Büro betrat.

Nachdem ihr Sarah erzählt hatte, weshalb sie hier waren, und ihr auch den Geburtsschein von Marcel Wyssbrod und den Eintrag im Bürgerregister vorgelegt hatte, mit der Frage, ob wohl über jemanden dieses Namens in den Akten zwischen 1940 und 1962 etwas bekannt sei, wurde ihr Blick noch bekümmerter. Leider seien diese Jahrgänge noch nicht digitalisiert, sodass sie im Archiv in jedem einzelnen Jahr den Buchstaben W durchsehen müsste, und dazu komme sie heute nicht mehr. Ob es denn sehr wichtig sei?

Sarah wies sie darauf hin, dass die Witwe von Herrn Wyssbrod, der sich eben später in Kanada Blancpain genannt habe, nächsten Mittwoch wieder nach Montreal zurückfliege, und dass sie bis dahin Klarheit über Marcel Wyssbrods Jugendzeit erlangen möchte, und wenn sie wolle, komme sie gern mit ihr ins Archiv, damit sie bei der Suche schneller vorwärtskämen.

Das komme leider gar nicht in Frage, sagte Frau Stehli, aus Gründen des Datenschutzes.

Sarah nickte, bevor das Wort ausgesprochen war, und fragte dann etwas gereizt, ob es ihr denn möglich wäre, die Nachforschungen bis am Montagnachmittag zu machen, dann kämen sie ohnehin nochmals nach Uster wegen der Gerichtsakte zur Verschollenheitserklärung.

Die Sozialarbeiterin blickte sie mit einem Ausdruck von Zurechtweisung an, sagte dann aber, sie werde es versuchen. Danach ging sie mit den beiden Dokumenten in den Nebenraum, um sie zu kopieren.

Da seien sie ihr sehr dankbar, sagte Sarah, die mit Véronique zum Gehen bereitstand, als ihr Frau Stehli die Dokumente zurückgab. Sie wollte sich verabschieden, hielt jedoch einen Moment inne und fragte:

»Was können die Gründe sein, dass ein siebzigjähriger Auslandschweizer, der seine Jugendzeit in Uster verbracht hat, das Sozialamt anruft?«

Frau Stehli zeigte auf den Geburtsschein.

»Sie haben gesehen, wer sein Vater war?«

Sarah nickte. »Ja, das heißt –«

»unbek., also kannte er seinen Vater nicht, und vielleicht kannte er auch die Mutter nicht und wuchs im Waisenhaus auf, oder bei Pflegeeltern, vielleicht war er ein Verdingkind, oder es ging um Vormundschaft oder Adoption. Zu jeder dieser Möglichkeiten gibt es Fragen, die man als Betroffener später noch stellen möchte.«

Sarah war etwas betreten. »Vielleicht können ja wir diese Fragen stellen.«

»Vielleicht«, sagte Frau Stehli, und fügte dann mit Blick auf Véronique hinzu: »Aber die Antworten können schmerzhaft sein.«

Auf einmal war sie Sarah sympathisch.

13

»Er ist also tot?«, sagte der Mann mit den Kugelaugen und dem braunen Filzhut zu Isabelle, halb als Frage, halb als Aussage, und schaute ihr scharf in die Augen.

Sie saßen an einem Tisch der »Brasserie Fédéral« in der großen Halle des Zürcher Hauptbahnhofs. Die Halle wurde von einem blauweiß karierten Bierzelt dominiert, das zwei Wochen lang das Münchner Oktoberfest unter dem Titel »Züri Wiesn« nachstellte. Aus dem Zelt erklangen Musikfetzen in wechselnder Lautstärke, offenbar machte eine Volksmusik- oder Schlagerformation ihren Soundcheck. Ein Stand verkaufte Lebkuchenherzen und andere Süßigkeiten, an einem andern hingen T-Shirts mit der Aufschrift »I MOG DI«, weiter hinten gab es eine Schießbude, eine junge Frau hielt einladend ein Gewehr in der Hand, ohne dass jemand einen Schuss riskieren wollte.

Der Mann, der sich Meier nannte, hatte Isabelle, kurz nachdem Sarah und Véronique das Haus verlassen hatten, auf ihrer normalen Nummer angerufen und ihr ein Treffen vorgeschlagen.

Und da saßen sie nun auf den Holzbänken der Brasserie, beide mit einem Kaffee vor sich, und Isabelle antwortete auf seine Frage: »So ist es. Leider.«

»Tot zusammengebrochen auf dem Bahnhof Oerlikon?«

»Wie ich Ihnen sagte, ja.«

»Am letzten Montag?«

»Am Montag, ja.«

»Und Sie waren seine Freundin?«

Isabelle zögerte einen Moment und sagte dann:

»Ich bin es erst nach seinem Tod geworden.«

Nun war Meier verblüfft.

»Was soll das heißen?«

Das heiße, sagte Isabelle, dass sie ihn erst zwei Minuten vor seinem Tod kennengelernt habe und nachher das Gefühl gehabt habe, dass sie ihm helfen müsse.

»Einem Toten helfen?«

»Man kann einem Toten helfen, seine Würde zu bewahren. Zum Beispiel gegenüber Leuten wie Ihnen.«

»Erzählen Sie keinen Quatsch.«

»Wieso wollten Sie denn nicht, dass er zur Beerdigung seiner Pflegemutter kam?«

»Was wissen Sie von seiner Pflegemutter?«

»Zu wenig. Könnten Sie mir nicht etwas erzählen von ihr?«

»Ich erzähle Ihnen, was *ich* will.«

»Das merke ich.«

Isabelle drehte den Kaffeerahmdeckel in ihren Fingern. Auf ihm war das Wirtshausschild der Brasserie Fédéral abgebildet, ein Oval mit einem Schweizerwappen unter dem Wort »FEDERAL«. Dieses war groß geschrieben, und die Akzente fehlten. Aus dem Zelt drang das Lied »So ein Tag«, von einer Frauenstimme gesungen, die bei »wunderschön« plötzlich abbrach und dann erneut anhob, diesmal von irgendeinem vibrierenden Instrument begleitet.

Meier hatte einen der blauen Bierdeckel mit der Aufschrift »Unser Oktoberfest!« in der Hand, die auflagen, und klopfte damit von Zeit zu Zeit auf den Tisch.

»Woher wissen Sie, dass Mathilde Meier seine Pflegemutter war?«

»Von seiner Frau.«

Meier kniff seine Augen zusammen. Isabelle hatte bisher noch nichts von ihr erzählt.

»Er hatte eine Frau?«

»In Kanada, ja. Sie wissen doch, dass er in Kanada lebte?«

Meier nickte.

»Seine Frau ist am Tag nach seinem Tod angereist.«

»Und was hat sie Ihnen sonst noch erzählt?«

»Sie weiß kaum etwas von seiner Jugendzeit.«

Meier hob seine Augenbrauen und ließ den Bierdeckel in der Schwebe.

»Da sind Sie erleichtert?« fragte Isabelle nach einer Weile.

Meier blickte sie nur an und klopfte dann mit dem Deckel wieder auf den Tisch.

»Von seiner Jugendzeit gibt es nicht viel zu erzählen.«

»Sie waren also fast sein Bruder?«

»Bruder? Nein. Er wohnte bei uns, ja.«

»Wie lange?«

»Bis er weg musste.«

»Wieso musste er weg?«

»Weil er Mist gebaut hatte.«

»Und wohin musste er?«

»In die Anstalt.«

»In welche?«

»Weiß ich nicht. Ich habe ihn nicht mehr gesehen seither. Wieso interessiert Sie das alles?«

Isabelle blickte in die Höhe und sah auf den Hintern des farbenfrohen Riesenengels, der am Deckengewölbe und der Seitenmauer mit Drahtseilen befestigt war. Dann schaute sie ihn lächelnd an und sagte:

»Weil ich mit ihm befreundet war.«

Meier stieß etwas wie ein Lachen aus und schüttelte den Kopf.

»Befreundet – mit einem Toten...«

»Ja. Und mit seiner Witwe. Auch sie wüsste gern mehr über seine Vergangenheit.«

»Wenn sie bis jetzt nichts gewusst hat, braucht sie auch weiterhin nichts zu wissen. Und da soll sie froh sein.«

»Wurde er schlecht behandelt?«

»Nicht schlechter als wir.«

»Sie hatten Geschwister?«

»Hab ich immer noch. Einen Bruder. Wieso fragen Sie mich das? Ich frage Sie ja auch nicht nach Ihren Geschwistern.«

»Das dürften Sie aber.«

»Was interessiert mich das?«

Von einem Stand gegenüber erklang Kindergeschrei. Zwei dunkelhäutige Buben mit Kickboards bestürmten ihre Mutter, eine mit Kopftuch und bodenlangem Gewand verhüllte Frau, sie solle ihnen einen der Lebkuchen kaufen, die an einem bunten Band von einer Stange herunterbaumelten. Die Frau verneinte entschieden und ging weiter, die Buben riefen ihr wütend nach, bis sie schließlich verdrossen hinter ihr herfuhren.

»Und wer ist seine Tante?« fragte Isabelle.

»Wer?«

»Die Tante, von der er wusste, dass seine Pflegemutter gestorben war. War sie Ihre Tante?«

Meier trank einen Schluck Kaffee und wischte sich mit dem Handrücken die Lippen ab.

»Kenn ich nicht. Vielleicht jemand aus der Anstalt.«

Isabelle musterte ihn wie einen dementen Patienten. Es war klar, dass er log.

»Was war denn der Mist, für den er in die Anstalt kam?«

»Schlimm war das. Es hat unsere Familie kaputt gemacht.«

»Seiner Frau sagte er, er habe nie etwas Unrechtes getan.«

»So. Hat er gesagt. Ja, ja. Das kann jeder sagen, in Kanada.«

»Und wenn es so wäre?«

»Es war nicht so!«

Er schlug mit der linken Faust auf den Tisch, dass die Kaffeelöffel klirrten.

»Wie war es denn?«

Meier drückte seinen Bierdeckel auf den Tisch, bis er knickte.

»Hören Sie, Frau... Isabelle Rast. Ich wollte von Ihnen nur wissen, was mit Marcel ist. Sie haben es mir gesagt. Ob ich es Ihnen glaube, ist eine andere Sache. Aber Ihnen bin ich keine Auskünfte schuldig. Über nichts. – Zahlen!«

»Ist schon gut, Herr... Albert Meier.«

»Konrad!« zischte Meier und merkte im selben Moment, dass sie ihn erwischt hatte.

»Ist schon gut, Herr Meier. Ich lade Sie ein.«

Meier sagte nichts und blieb sitzen, bis der Kellner kam. »Zusammen?« fragte er.

Isabelles Ja und Meiers Nein kamen fast gleichzeitig. Der Kellner lachte. Dann nahm er Isabelles acht Franken und bedankte sich. Meier schob die Sitzbank mit einem Ruck zurück und erhob sich.

Isabelle stand ebenfalls auf.

»Herr Meier, das Handy von Martin habe ich seiner Witwe zurückgegeben. Bitte rufen Sie dort nicht mehr an, sie versteht sowieso kein Deutsch.«

»Wieso Martin?«

»In Kanada nannte er sich Martin. Martin Blancpain.«

Meier stützte beide Hände auf den Tisch und beugte sich unangenehm nahe zu Isabelle vor. »Martin Blancpain? Dann war er's doch nicht, und Marcel lebt noch.«

Isabelle wich nicht zurück.

»Marcel lebt nicht mehr. Sie brauchen also keine Angst zu haben, dass er mit Ihnen über seine Jugendzeit sprechen will.«

»Ich habe überhaupt keine Angst. Weder vor Marcel noch vor Ihnen.«

Es war so offenkundig, dass er Angst hatte, dass Isabelle fast Mitleid empfand. Doch die Erinnerung, wie ihr einmal ein 95jähriger überraschend einen Faustschlag versetzt hatte, machte sie vorsichtig, und sie trat einen Schritt zur Seite.

»Sie haben ja jetzt meine Telefonnummer. Wenn Ihnen in den Sinn kommt, wer seine Tante sein könnte, dürfen Sie mich jederzeit anrufen. Auf Wiedersehen, Herr Meier.«

»Ade.«

Sie verließ den Tisch und ging zu den Tramhaltestellen hinaus, am Bierzelt vorbei, aus dem jetzt »Trink, trink, Brüderlein trink!« erklang.

Meier blieb einen Moment stehen, machte zwei Schritte in Richtung der Bahngeleise, kehrte dann wieder um und nahm die vier Franken, die er für seinen Kaffee auf den Tisch gelegt hatte, an sich. Dann ging er damit zum Stand mit den Süßigkeiten und kaufte sich ein kleines Säcklein Magenbrot.

14

Isabelle erwachte auf ihrem Sofa und fühlte sich so schwer, dass sie auf einmal die alte Frau Maurer im zweithintersten Zimmer ihrer Abteilung verstand, die jeden Morgen sagte:

»Ich kann nicht aufstehen.«

Wenn Isabelle dann fragte: »Fehlt Ihnen etwas?«, antwortete sie: »Die Kraft.«

Wie froh wäre sie jetzt gewesen, es hätte ihr eine Pflegerin den Arm um ihre Schultern geschoben und ihr aufgeholfen. Sarahs Bemerkung mit der Rekonvaleszenz kam ihr in den Sinn, und es wurde ihr bewusst, dass sie Recht hatte. Dass man mitten am Tag nur so müde sein konnte. Zusammen mit den Gallensteinen musste man ihr auch einen Teil ihrer Energievorräte entfernt haben. Sie blieb liegen und dachte an Herrn Michel, der einmal Rektor einer Schule gewesen war und sie jedesmal, wenn er aufstehen sollte, aus halb geschlossenen Augen traurig anschaute und fragte: »Wozu?«

Wozu, das wusste sie allerdings. Sie hatte sich vorgenommen, eine Liste zu machen von allem, was sie über die Geschichte, in die sie hineingeraten war, nicht wusste. Bis zu Véroniques Abreise nächsten Mittwoch, das war ihr nach dem Gespräch heute Vormittag klar geworden, würde sie sich ohnehin mit nichts anderem beschäftigen können.

Nachdem sie vom Treffen im Hauptbahnhof nach Hause gekommen war, hatte sie sich eine jener Pulversuppen zubereitet, die man bloß mit heißem Wasser übergießen musste und nach einer Minute Umrühren schon verspeisen konnte, ohne genau zu wissen, was man zu sich nahm. Dazu hatte sie ein Stück Brot gegessen und danach ein Früchtejogurt, dann hatte sie sich einen Moment aufs Sofa gelegt und war sofort eingeschlafen.

Fröstelnd rappelte sie sich auf und sagte halblaut den Satz zu sich, den sie ihren Heimbewohnerinnen immer sagte: »Sie sollten sich zudecken, Frau Rast, wenn Sie sich hinlegen.«

Sie ging in die Küche, warf sich eine Jacke über, machte sich einen chinesischen Räuchertee, setzte sich ins Wohnzimmer, nahm den Telefonnotizblock und begann einen Zettel zu schreiben.

Zuoberst zeichnete sie mit ihrem Kugelschreiber ein

großes Fragezeichen. Den Punkt darunter machte sie als Kugel. Sie überlegte einen Moment, womit sie beginnen sollte, und zog zum Fragezeichen eine zweite Linie derselben Form, die sie zuletzt mit zwei Strichen an den Enden mit der ersten Linie verband.

»Jugend« schrieb sie darunter.

Darüber wusste sie zwar seit heute Morgen etwas.

Sie zog in der Mitte einen senkrechten Strich über das Blatt, damit sie rechts Platz hatte für das, was sie wusste. »Pflegefamilie« und »Anstalt« schrieb sie dorthin. Aber wieso er in die Pflegefamilie gekommen war, wusste sie ebenso wenig wie den Grund, warum er in die Anstalt gekommen war, und in welche, also schrieb sie auf der linken Seite unter »Jugend« nochmals »Pflegefamilie« und »Anstalt«.

Sie zeichnete um die Kugel des Fragezeichenpunkts eine zweite Kugel.

»Name« schrieb sie, und »Kanada«. Wann war er nach Kanada ausgewandert? Hatte er auch einen andern Nachnamen gehabt? Oder wurde er adoptiert? Wieso hatte sie das den düstern Meier nicht gefragt? Fraglich, ob er ihr dazu etwas gesagt hätte, es war schwierig genug gewesen, das Wenige aus ihm herauszuholen. Aber diese Liste hätte sie besser vor dem Gespräch erstellt.

Sie begann den Leerraum im Fragezeichen mit feinen Strichen zu füllen.

Unter »Pflegefamilie« fügte sie noch »Mist« ein. Wenn

sie wüsste, was der Mist war, den der junge Marcel gebaut hatte, wüsste sie wohl auch, weshalb ihn die Meiers auf keinen Fall bei der Beerdigung haben wollten.

Sie fuhr fort, ihre Striche in das Fragezeichen zu kritzeln. Der Kugelschreiber schmierte ein bisschen, ein Werbegeschenk, der Name einer Krankenkasse stand darauf.

Aber eigentlich war das alles nicht so wichtig.

Was sie unbedingt benötigte, wäre eine Spur zur Tante.

Sie schrieb TANTE und fuhr dann weiter mit ihren Strichlein, bis das Fragezeichen wie ein Regenwurm aussah. Sie war ziemlich sicher, dass Meier wusste, wer diese Tante war, und sie war ziemlich sicher, dass sie zur Meier-Familie gehörte und weder zu Martins Herkunftsfamilie noch zur Anstalt. Wenn Meier ihren Namen nicht preisgeben wollte, wusste wahrscheinlich auch sie über das Geheimnis Bescheid, das die Familie für sich behalten wollte und das auf irgendeine Weise mit dem Mist zusammenhing, den Marcel gebaut hatte.

Sie strichelte nun auch den Ring des Fragezeichenpunktes, bis er einem Autopneu glich.

In den meisten Familien gab es dunkle Flecken. Mehr als einmal hatte sie erlebt, wie alte Familienrechnungen beglichen wurden und wie Angehörige empört die Tür zuknallten und durch den Korridor davonschnaubten, weil sie erfahren hatten, dass das Haus schon längst einem Sohn überschrieben war, von dem niemand etwas gewusst hatte, oder sie schlichen sich still und verstört weg, weil sie vernommen hatten, dass ihr sterbender Vater gar nicht ihr leiblicher Vater war.

Der misstrauische Meier, das stand für Isabelle fest, würde mit dem Namen der Tante nicht herausrücken. Was gab es sonst für Wege, diesen herauszufinden?

Isabelle begann unter dem Fragezeichen Wellenlinien zu ziehen, vom linken bis zum rechten Seitenrand.

Sie würde Véronique nochmals fragen. Martin musste doch irgendwo eine Adresse oder eine Telefonnummer notiert haben. Vielleicht hatte er allerdings erwartet, die Tante bei der Beerdigung zu sehen und hatte sie gar nicht angerufen. Das schien ihr am wahrscheinlichsten, schließlich war er eben erst mit einem Interkontinentalflug gelandet, und auf seinem Handy war kein anderer abgehender Anruf gespeichert als derjenige vom Montagmorgen nach Uster. Oder hatte er sie von woanders angerufen?

Isabelle liebte Klarheit, und so viele Unklarheiten machten sie missmutig. Sie ließ auf der rechten Seite eine Vulkaninsel aus den Wellen aufsteigen, und ihr schmierender Krankenkassenkugelschreiber schleuderte Aschewolken und Lavastriemen aus dem Krater heraus.

Dann schrieb sie in die Fragezeichenrubrik HANDY, wieder mit Großbuchstaben.

Martins kanadisches Handy war bei seinen Effekten im Hotel gewesen, also hatte er sich das Sony Ericsson in der Schweiz besorgt, entweder gleich am Flughafen – man konnte ja auch welche mieten für die Dauer eines Aufenthalts – oder im Hotel. Was sie aber nicht verstand, war, woher Konrad Meier die Nummer hatte. Martin war am Sonntagmittag in Zürich angekommen, und am Montagvormittag rief ihn Meier auf dieser Nummer an. Hatte ihn Martin vom Hotel aus angerufen und ihm die Handy-Nummer gegeben? Aber sie erinnerte sich gut an den Anruf, den sie an Martins Stelle entgegengenommen hatte. Meier sprach wie einer, der endlich jemanden erreicht, er wollte eine Botschaft hinterlassen und nicht eine frühere Botschaft bekräftigen.

Isabelle seufzte und zeichnete winzige Häuschen am Ufer der Vulkaninsel. Stromboli ... Dort könnte sie jetzt mit Barbara in der Sonne liegen, ab und zu ein paar Züge im Meer schwimmen, und abends würden sie sich zusammen Spaghetti kochen oder irgendwo eine Pizza essen gehen, hätte sie bloß »Nein, danke« gesagt.

Sie lebte in einem Land, in dem normalerweise jedes Hilfsangebot zuerst einmal abgelehnt wurde. »Nein, danke, es geht gut«, sagte man keuchend, ächzend, mit verzerrtem Lächeln, damit man sich ja nicht etwas abnehmen lassen muss. Bösiger, der im Rollstuhl saß, wurde wütend, wenn man ihn auf dem Weg zum Speisesaal schieben wollte, obwohl er nur noch mit einer

Hand ein Rad drehen konnte und durch Anschieben mit dem Fuß mühsam etwas nachhalf. Irgendeinmal hatte Isabelle beschlossen, Hilfe anzunehmen, wenn sie angeboten wurde, damit sie nicht so wurde wie Bösiger. Wenn der einmal stirbt, dachte sie, und man ihn einsargen kommt, wird er sich nochmals aufrichten und sagen: »Nein danke, es geht schon.«

Isabelle zeichnete eine Sonne, die zwischen dem Fragezeichenwurm und Stromboli noch Platz hatte.

Dann schrieb sie unter HANDY das Wort »Bitte«.

Wenn sie der sterbende Martin hätte bitten wollen, seine Frau zu benachrichtigen, hätte sie es verstanden. Das wäre die einfachste Erklärung und ihr auch die liebste.

Wenn es aber mehr war?

Sein Blick war so flehentlich gewesen, dass sie vom Gedanken nicht loskam, er habe sie, Isabelle Rast, um etwas ganz Bestimmtes bitten wollen. Doch dazu hätte er sie kennen müssen, und das war ja nicht der Fall, mehr als das, es war unmöglich.

Isabelle schaute durch das Fenster auf die obersten Stockwerke der Hochhäuser. In der Fensterfront des Swissôtels spiegelte sich die Sonne so stark, dass es sie blendete. Dann blickte sie wieder auf ihr Blatt. Das waren ihre Fragen. Sie zählte nach. Neun insgesamt, und nach unten wurden sie immer schwieriger.

Sie zog zwei parallele Striche durch das Fragezeichen

hinab, ließ sie wie einen Masten in ein Schiff münden, das sie auf den Wellen zeichnete, und nun sah das Fragezeichen wie ein Segelboot aus und der gestrichelte Punkt wie ein Rettungsring.

Da war ein Kapitän ertrunken, dachte sie, und hat noch nach einem Rettungsring gesucht, und es war keiner da außer mir.

15

»Wyssbrod?«

»Ja, Ma, so hieß er früher – merkst du etwas?«

»Was soll ich merken?«

Sarah lachte. »Was isch es Wyssbrot uf französisch?«

»Un pain blanc – ach so, Blancpain!«

Isabelle schlug sich an die Stirn.

Sarah und Véronique saßen mit ihr in der Küche und erzählten von ihrer Spurensuche in Uster.

Isabelle stand auf, ging ins Wohnzimmer und kam zurück, das Blatt mit den Fragen in der Hand.

»Dann kann ich das mit dem Namen schon mal abhaken«, sagte sie und setzte mit ihrem Kugelschreiber einen Haken hinter das Wort »Name«.

Was das sei, fragte Sarah.

Sie habe sich eine Liste gemacht von allem, was sie über Martins Leben und Tod nicht wisse.

Véronique war beeindruckt, dass sie sich eine solche Mühe gab, und Sarah bemerkte mit einem amüsierten Blick auf die Zeichnung: »Dein Stromboli spuckt aber ganz schön – oh, und zu ›Kanada‹ wissen wir mehr!«

Sie berichtete von der Verschollenheitserklärung im Jahre 1962. Da man dafür mindestens fünf Jahre ohne Nachricht vom Vermissten bleiben müsse, sei Martin spätestens 1957 nach Kanada ausgewandert. Er habe es ihr nie genau gesagt, fügte Véronique hinzu, aber sehr jung sei er bei seiner Ankunft gewesen, das wisse sie.

Isabelle nickte, 17, ja, das sei sehr jung, und das heiße wohl, dass er direkt aus der Anstalt gekommen sei.

Sarah war verwundert. Aus welcher Anstalt?

Er sei offenbar nach seinen Jahren bei der Pflegefamilie in eine Erziehungsanstalt gesteckt worden.

Davon hatte Véronique noch nie gehört. Woher sie denn das wisse?

»Ich habe heute Vormittag den Meier getroffen.«

Sarah sprang von ihrem Stuhl auf. »Allein?«

»Ja.«

»Spinnst du?«

»Wieso?«

»Ma, der Mann ist doch gefährlich, merkst du das nicht?«

Sie könne schon auf sich aufpassen, sagte Isabelle und bat Sarah, sich zu beruhigen. Er habe sie eben angerufen –

»Angerufen? Auf deine Festnetznummer?«

»Ja.«

»Ich sag dir's, das war der Typ gestern, hab ich ja gleich gedacht, dass er dir nachspioniert! Jetzt weiß er, wie du heißt und wo du wohnst!«

»Na und? Das wissen so und so viele andere auch.«

»Aber die sind dir nicht feindlich gesinnt!«

»Nicht, dass er mir sympathisch wäre, doch er wollte von mir hören, was mit Martin war, und ich hab es ihm gesagt. Jetzt wird er wohl Ruhe geben.«

»Der hat sich bestimmt gefreut, dass Martin tot ist, das Aas.«

»Er schien erleichtert, ja.«

»Und hast du auch seine Adresse?«

»Nein, aber seinen Vornamen. Konrad.«

»Sonst nichts?«

Isabelle ärgerte sich, dass sie ihm nicht wenigstens seine Telefonnummer entlockt hatte.

»Es war schon ein kleines Kunststück, seinen Vornamen aus ihm herauszukriegen.«

Sarah ging zum Telefon ihrer Mutter, schaute das Display an, drückte auf das Menü mit den Funktionen und sagte dann: »Ich sag dir schon lang, du solltest einen neuen Anschluss haben, der die Anrufe speichert.«

»Damit ich lesen kann ›anonym‹?«

Bei diesem schnellen Wortwechsel waren sie in den

Dialekt verfallen, und nun fragte Véronique, worum es genau gehe.

»She met that asshole Meier this morning«, sagte Sarah.

Und was sie denn dabei herausbekommen habe?

Das wichtigste sei wohl, dass Martin die Pflegefamilie verlassen musste und in eine Anstalt kam, und der Grund, so Meier, sei gewesen, dass er einen Mist gebaut habe, der ihre ganze Familie kaputt gemacht habe. »Wenn wir herausfänden, was Meier mit diesem Mist meinte, wüssten wir wohl auch, weshalb sie Martin auf dem Friedhof nicht dabeihaben wollten.«

Alle schwiegen.

Dann sagte Véronique, Martin habe ihr immer versichert, er habe nichts Unrechtes getan, und sie glaube ihm das und werde es immer glauben.

Sarah sagte, dass sie hoffentlich am Montag beim Gericht die Unterlagen zur Verschollenheitsverhandlung einsehen könnten sowie das, was auf dem Sozialamt über seine Jugend bekannt sei. Dort erführen sie vielleicht mehr. Martin habe übrigens am Montag versucht, und das sei der Grund seines Anrufs nach Uster gewesen, mit dem Sozialamt Kontakt aufzunehmen.

Véronique betonte nochmals, wie gerührt sie sei über ihre Hilfsbereitschaft, aber sie finde, sie könnten es nun auch bleiben lassen, es sei doch bloß ein Zufall, dass Isabelle mit Martins Geschichte in Berührung gekommen sei, mit der sie ja gar nichts zu tun habe, und auch Sarah habe bestimmt genug Arbeit mit ihrem Studium.

Das habe sie sich heute auch überlegt, entgegnete Isabelle, aber es gebe Geschichten, die treffen einen, ob man es wolle oder nicht, und so sei sie Teil von Martins Geschichte geworden, doch die sei offenbar noch nicht zu Ende erzählt.

Ja, sagte Sarah, solange dieser Zombie von Meier herumschleiche und etwas unter dem Deckel halte, sei die Geschichte noch nicht zu Ende, weder für ihre Mutter noch für Véronique, und sie glaube, je mehr sie über Martins Vergangenheit herausfänden, desto eher verstünden sie, was passiert sei. Und von wegen Studium, eigentlich gehöre das zu ihrem Studium, sie sei gerade dabei, jemandem zu helfen, dem wahrscheinlich Unrecht geschehen sei. Leider sei er schon tot. Und Véronique tue ihr leid.

Auf einmal begann Véronique zu weinen. »C'est tellement triste, tout ça«, das sei alles so traurig.

»Oui, c'est triste«, sagte Isabelle und legte ihren Arm um Véroniques Schulter.

Nach einer Weile zog Sarah die Kopien des Zivilstandsamtes hervor. »Übrigens, Martins Mutter war ledig und sein Vater unbekannt.«

Isabelle nahm das Blatt in die Hand. »Natürlich, da gab's ja auch eine Mutter... Anna-Maria Wyssbrod... 1940... die könnte sogar noch leben.«

Véroniques Handy meldete sich.

Es war Frédéric vom Reisebüro, der immer noch auf den Totenschein wartete, und Sarah anerbot sich, mit Véronique auf die Post zu gehen.

Als die beiden zurückkamen, war Sarah empört über den Preis für ein einziges Faxblatt, heute, wo ein E-Mail nichts koste und man stundenlang gratis skypen könne.

Isabelle aber saß an ihrem Notebook und hatte vier Blätter ausgedruckt.

»Schaut mal, ich habe das Telefonverzeichnis abgefragt. Meier Konrad gibt es im Kanton Zürich 7, Meier Conrad mit C gibt es 4.«

Sie schob ihnen die zwei Blätter zu.

»Aber Anna-Maria Wyssbrod gibt es in der ganzen Schweiz nur eine.«

Sie legte das dritte Blatt hin.

Berthod Anna-Maria (-Wyssbrod)
«Le Vieux Vignoble«
chemin des chipres 39
2016 Cortaillod/NE
032 751 29 49

»Und was ist auf dem vierten Blatt?« fragte Sarah.

»Der Ortsplan von Cortaillod, damit wir wissen, wie wir dahin kommen.«

16

Véronique wunderte sich, dass Isabelle am Bahnhof Neuchâtel kein Taxi nahm, sondern zielstrebig auf einen Bus zusteuerte. Ob sie sich hier auskenne?

Nein, antwortete Isabelle, aber das könne man alles im Internet nachschauen, bei einer Adresse werde ja im Ortsplan die nächstgelegene Bushaltestelle angezeigt, die Buslinien auch, und die Verbindungen könne man ebenfalls abfragen – ob das in Kanada nicht auch so sei?

Das wisse sie gar nicht, sagte Véronique, sie brauche das nie, und die Ausflüge habe immer Martin organisiert, und meistens hätten sie das Auto benutzt. Ob sie kein Auto habe?

Nein, in einer Stadt wie Zürich sei das nicht nötig, der öffentliche Verkehr sei gut genug, und das gelte für die ganze Schweiz. Fahren könne sie schon, und wenn sie einmal eins brauche, für einen Transport oder so, dann miete sie eins.

Isabelle und Véronique saßen im Bus nach Cortaillod, Isabelle hatte einen großen Blumenstrauß quer über die Knie gelegt, den sie heute Morgen auf dem Markt in Oerlikon gekauft hatte, mit Sonnenblumen, Zinnien, Kornblumen und Getreiderispen, bei einer pausbäckigen alten Marktfahrerin, welche solche Sträuße in ihrem Bauerngarten zusammenstellte. Véronique war mitgekommen und war sehr angetan gewesen von der bunten Mischung der Stände, an denen von Gemüse, Salat, Obst, Beeren und Brot bis zu Fischen, Geflügel, Kaninchen und Pferdefleisch alles zu haben war. Seien es griechische Oliven, Tessiner Ziegenkäslein, persische Datteln, Steinpilze aus Montenegro oder frisch gepresster Apfelsaft, den man sich selbst abfüllen konnte, da machte sich ein einziges Nebeneinander von Genüssen breit und rief gleichzeitig zum Kauf und zur Lebensfreude auf, zum Bummeln und Grüßen und Schwatzen, und an den Rändern versuchten Überzeuger neben Plakaten, auf denen stand »NEIN zur...« oder »JA zu...«, die Bummelnden für ihre JAs oder NEINs zu gewinnen. Wenn sie am Samstag nicht Dienst habe, hatte Isabelle gesagt, gehe sie immer auf den Markt, und Véronique hatte geantwortet, er erinnere sie ein bisschen an den Marché Jean-Talon in Montreal, auf dem die Bauern aus der Umgebung ihre Produkte anböten, viele

Italiener auch, Martin habe nach seiner Pensionierung gerne dort eingekauft.

Sarah hatte sich für heute und morgen abgemeldet, da die Völkerrechtsprüfung näher rückte, und nun saßen die beiden Frauen im Bus nach Cortaillod, der sie zunächst durch den alten Teil der Stadt fuhr. Véronique war sehr angetan davon, un peu comme Québec, fand sie, das liege auch leicht erhöht über dem St.Lawrence River wie Neuchâtel am See, aber bei ihnen seien die Altstädte viel weniger alt.

Wie schade, dass Martin das nicht sehen könne, sagte sie, und wurde wieder an den Grund ihrer Reise erinnert.

Auf einmal drehte sie sich zu Isabelle, fasste sie am Oberarm und sagte, sie habe Angst, »j'ai peur«, und ob sie nicht besser umkehren sollten.

Sie sei auch etwas nervös, sagte Isabelle, aber sie finde, sie sollten hingehen, schließlich habe sie im Heim angerufen, und sie seien angemeldet.

Als was sie sie denn angemeldet habe, fragte Véronique.

Als einen Besuch aus alter Zeit, sagte Isabelle.

Véronique bat Isabelle, vor allem sie solle sprechen, sie habe da mehr Erfahrung.

Isabelle beruhigte sie. Klar, sie werde gerne sprechen, und ob sie die Fotos dabeihabe.

»Bien sûr«, sagte Véronique, ließ Isabelle wieder los

und öffnete nochmals kurz ihr Handtäschchen, in dem der Umschlag mit den Fotos zuoberst lag.

Bei der Haltestelle, welche der Plan angab, stiegen sie aus, gingen ein paar Schritte an der Straße entlang weiter, bogen dann nach rechts ab und gingen zwischen Ein- und Zweifamilienhäusern mit kleinen Gärten auf ein Gebäude zu, das einmal herrschaftlich gewesen war und das für alles mögliche gebaut worden war, nur nicht für ein Altersheim. Aber sie waren bei der richtigen Adresse.

»Le Vieux Vignoble«

stand auf dem Schild am Pfeiler des Eingangstores, und darunter

»Home pour personnes âgées«.

Sie gingen über den kleinen gekiesten Vorplatz zum Haupteingang, Isabelle drückte die schwere Klinke, und mit elektrischer Unterstützung öffnete sich die große Tür.

Der Eingangsraum war ziemlich düster, der mächtige Kronleuchter, der von der Decke hing, war nicht eingeschaltet, nur die Bürolampe am Pult der Rezeption. Frau Berthod, so sagte man ihnen, sei im ersten Stock, in Zimmer 108, links. Ob sie den Lift benützen wollten, der sei gleich rechts.

»Nein, danke, es geht gut«, sagte Isabelle, ohne Véronique zu fragen, und zusammen stiegen sie die Treppe hoch, die ein abgewetzter roter Teppich vor den Fußtritten schützte.

Das Täfelchen neben der Tür von Zimmer 108 war angeschrieben mit

Berthod, Anna-Maria

Prêtre, Fabienne

»Alors«, sagte Isabelle und blickte Véronique an, »on y va?« Dann klopfte sie an.

Als niemand reagierte, öffnete Isabelle vorsichtig die Türe, und sie traten ein. Im einen der beiden Betten lag, unter dem goldgerahmten Foto eines Brautpaars, eine Frau mit geschlossenen Augen, das zweite Bett gegenüber war nicht benutzt, aber neben einem kleinen Tisch mit einem verwelkten Blumenstrauß saß eine Frau in einer grünen Strickjacke mit gekrümmtem Rücken in einem Lehnstuhl am Fenster und wandte ihnen den Kopf zu. Véronique ging sofort auf sie zu, beugte sich zu ihr und küsste sie.

»Hortense?« fragte die Frau im Lehnstuhl.

»Non, je suis –«

»Annette?«

»Non, je suis –«

»'s Emmi?«

»Non, je suis Véronique, la femme de…« in plötzlicher Hilflosigkeit kehrte sie sich zu Isabelle.

Isabelle wickelte die Blumen aus dem Papier und sagte: »Schauen Sie, Frau Berthod, was wir Ihnen gebracht haben, da kommen wir ja gerade recht.« Sie legte ihr den Strauß auf die Knie, ging mit der Vase zum Lavabo, nahm die welken Blumen heraus und drückte sie in den etwas zu kleinen Abfallkorb, spülte die Vase aus, füllte sie dann mit frischem Wasser, kam zum Tisch zurück und stellte ihren Blumenstrauß ein.

»Gefallen sie Ihnen?«

Frau Berthod nickte.

»Aber – ich weiß nicht, ob ich euch kenne«, und sie blickte forschend von einer der Besucherinnen zur andern.

Isabelle holte den einzigen Besucherstuhl des Zimmers, damit Véronique Platz nehmen konnte, und sie selbst setzte sich auf die Bettkante am Fußende.

»Also«, sagte Isabelle, »das hier ist Véronique, und sie ist die Frau von Marcel Wyssbrod.«

Sie machte eine Pause.

Frau Berthods Blick blieb so fragend wie zuvor.

Isabelle korrigierte sich. »Sie *war* die Frau von Marcel Wyssbrod, denn leider ist er in dieser Woche verstorben. Wir haben herausgefunden, dass Sie seine Mutter waren. Das stimmt doch, oder?«

Nun richtete sich Frau Berthod in ihrem Lehnstuhl auf. »Marcel? Est-ce que vous avez des nouvelles de Marcel?«

Nun begann Véronique zu erzählen, von Marcels Auswanderung nach Kanada in jungen Jahren, und wie er Schifffahrtskapitän geworden sei und wie sie beide in reiferem Alter geheiratet hatten, und was er für ein feiner, flotter, anständiger Mensch gewesen sei, nur dass er ihr unglücklicherweise nie etwas von seiner Jugendzeit erzählt habe und wohl auch gar nicht gewusst habe, wer seine Mutter gewesen sei. Sie reichte ihr ein Foto von ihm als Kapitän.

Isabelle brachte Frau Berthod die Brille, die sie auf dem Nachttischchen gesehen hatte, und sie schaute nun lange auf das Foto. Dann ließ sie es sinken und sagte: »Voilà. Enfin«, endlich.

Sie bat um ein Glas Wasser, und Isabelle brachte es ihr.

Lange sagte niemand etwas. Die Frau im andern Bett hustete und verfiel dann wieder in ihren Dämmerzustand.

Schließlich riskierte Isabelle eine Frage:

»Wann haben Sie Ihren Marcel zum letzten Mal gesehen?«

Frau Berthod dachte nach.

»Mit sechs Monaten.«

»Und wie kam das?«

Wieder sagte sie lange nichts und schaute zum Fenster hinaus, vor dem sich eine große, dunkle Zypresse erhob. Ihr Zimmer lag nicht auf der Seeseite.

»Ich hatte Marcel mit 18 Jahren. Sein Vater war der Bauer, bei dem ich Magd war. Er drohte, mich umzubringen, wenn ich ihn verrate. Ich hatte Angst vor ihm und sagte nichts. Sie haben mir Marcel weggenommen und nie mehr gesagt, wo er ist. Eine wie ich könne keine gute Mutter sein. Ich kam in ein Heim, bis ich zwanzig war – und wo ist Marcel jetzt?«

»Wie wir Ihnen schon sagten, er ist leider diese Woche gestorben, als er zum ersten Mal wieder in die Schweiz zurückkam.«

Aber er sei so ein lieber Mensch gewesen, und er habe es im Leben zu etwas gebracht, und das habe sie ihr einfach sagen wollen, fügte Véronique hinzu.

Frau Berthod nickte.

»Die Schweiz hat ihm kein Glück gebracht. Es waren Sauhunde, des salauds. Alle, der Bauer, der Pfarrer, die von der Armenbehörde. Niemand hat mir geholfen. Niemand.«

Und auf einmal schrie sie: »C'étaient des salauds! Des salauds!«

Frau Prêtre im andern Bett bekam einen Hustenanfall, Isabelle half ihr, sich aufzurichten, klopfte ihr auf den Rücken und versuchte ihr etwas Wasser einzuflößen. Eine Pflegerin kam herein, um zu fragen, was es gebe, und auch ihr schrie Frau Berthod entgegen: »C'étaient des salauds!«

Die Pflegerin bat die Wütende, sich zu beruhigen, es sei hier niemand, der ihr etwas antun wolle, worauf ihr Madame Berthod mit scharfer Stimme sagte, sie hätten ihr ihren Sohn gestohlen, »ils m'ont volé mon fils.«

Isabelle bewog die Pflegerin, mit ihr zusammen das

Zimmer zu verlassen und erzählte ihr draußen auf dem Korridor, was Frau Berthod soeben erfahren habe und was sie von Frau Berthod erfahren hatten. Darauf sagte die Pflegerin, nun verstehe sie endlich, was der Satz bedeute, den die Frau so häufig wiederholt habe und der manchmal das Einzige gewesen sei, das sie überhaupt gesagt habe. Welcher Satz denn, fragte Isabelle.

»Est-ce que vous avez des nouvelles de Marcel?«

Der ältere Mann, der jetzt im Korridor auftauchte und auf das Zimmer 108 zuging, begrüßte die Pflegerin, die ihn Isabelle als Sohn von Madame Berthod vorstellte. Zugleich sagte sie, sie glaube, es sei soeben ein Rätsel gelöst worden.

»Vous avez des nouvelles de Marcel?« fragte der Mann ungläubig, denn auch er hatte den Satz von seiner Mutter oft genug gehört, wenn er zu Besuch kam.

Die Pflegerin wurde zu einem andern Zimmer gerufen und ließ die beiden allein.

Als Isabelle Herrn Berthod die Geschichte erzählte, stellte sich heraus, dass ihm seine Mutter nie etwas gesagt hatte.

»Quelle surprise«, sagte er zu Isabelle, was für eine Überraschung, aber irgendwie auch nicht. Marcel hätte ja auch eine Jugendliebe seiner Mutter sein können, aber eigentlich habe er immer das Gefühl gehabt, er habe einen Bruder.

Als sie das Zimmer betraten, saß Frau Berthod im

Lehnstuhl, hielt das Foto von Martin in der Hand, während Véronique, die Hand auf Frau Berthods Schulter, ihr von der ersten Begegnung mit ihrem Sohn erzählte und von den weißen Walen, die neben seinem Schiff herschwammen, als ob sie mit ihm befreundet wären.

17

»Dann wohnen Sie also seit über vierzig Jahren hier?« fragte Sarah, und die Frau, die ihr gegenübersaß, nickte und griff nach einer der Lindor-Kugeln, die ihr Sarah angeboten hatte.

Sie sei Studentin und müsse eine Arbeit über genossenschaftliches Wohnen machen, hatte Sarah gesagt, als sie bei »K. Meier« geklingelt hatte und ihr die pummelige kleine Frau geöffnet hatte. Ob ihr Mann auch da sei und ob sie zehn Minuten Zeit habe für ihre Fragen?

Ihr Mann war nicht da, und sie hatte zuerst abgelehnt, doch als Sarah geklagt hatte, es sei so schwer, Leute zu finden, die ihr auf ihre paar Fragen Auskunft gäben, und mit den Worten, es gebe sogar eine kleine Belohnung dafür, das Päcklein Lindor-Kugeln aus ihrer Tasche gezogen hatte, hatte Frau Meier sie schließlich eingelassen, und nun saß sie bei ihr in der Stube auf einem Stoffsessel mit kurzen Beinen, dessen Kopflehne mit einem gestickten Deckchen geschützt war, und auf dem Kanapee gegenüber saß Frau Meier und schaute sie leicht befremdet an. Zwischen ihnen war ein kleiner Nierentisch, auf dem einige Illustrierten und Zeitungen lagen, zuoberst der »Anzeiger von Uster«, auf den Sarah ihre Schokoladekugeln hingelegt hatte. Auf einem Buffet, das etwas zu groß war für das Zimmer, stand ein Hochzeitsfoto, auf dem Sarah den jungen Meier sofort an seinem Blick erkannte. In einem Stehrähmchen daneben war ein Foto eines Mädchens im Schulalter, es trug eine Schürze, und seine zwei langen Zöpfe reichten bis über den unteren Bildrand hinaus. Der Stubentisch war mit Stoffstücken bedeckt, daneben stand eine Nähmaschine, an der Frau Meier gerade gearbeitet hatte.

Sarah hatte einen Notizblock auf den Knien und schrieb auf.

Und ob sie damals Kinder gehabt hätten?

Ja, eine Tochter.

Ob die Wohnung groß genug gewesen sei?

Sarah blickte sich um. Es war die Art von Wohnung, in der sie Angst hätte zu ersticken.

Ja, doch. Große Ansprüche habe man damals nicht gehabt.

Und als die Tochter erwachsen gewesen sei, ob man von ihnen nicht verlangt habe, in eine kleinere Wohnung zu ziehen.

Frau Meier sagte gar nichts.

Das sei doch öfters ein Problem in genossenschaftlichen Wohnungen, dass man als junge Familie hineinziehe, und wenn die Kinder groß seien, sei die Wohnung zu groß und neue junge Familien beklagten sich darüber. Das sei also bei ihnen nicht so gewesen?

Frau Meier schüttelte den Kopf und nahm noch eine Lindor-Kugel.

Ob vor vierzig Jahren auch andere Paare hier eingezogen seien, die nun alle ebenfalls älter geworden seien?

Es habe auch Wechsel gegeben, antwortete Frau Meier.

Oft?

Nicht sehr oft, nein, das Paar im unteren Stock sei geblieben, das Paar im obersten Stock auch, aber im zweiten Stock, also über ihnen, seien etwa drei Mal Leute ein- und wieder ausgezogen. Im Moment habe es leider ein Paar mit einem Kind.

Wieso leider?

Es schreie oft nachts, und die Wohnungen seien nicht gut isoliert.

»Und haben Sie schon von Plänen gehört, dass die Wohnungen renoviert und modernisiert werden sollen?«

Frau Meier erschrak.

»Wieso denn? Gibt es solche Pläne?«

Das wisse sie nicht, sagte Sarah, deshalb frage sie ja, aber die gebe es für viele genossenschaftliche Bauten, und natürlich würden dann die Mieten ansteigen.

Sie hoffe nicht, dass sie das noch erlebe.

Wieso nicht?

»Man gewöhnt sich eben daran, wie es ist.«

»Sie wünschen sich also keine Modernisierung?«

»Nein«, sagte Frau Meier und griff nochmals nach einer Lindor-Kugel, »was würde denn das nützen?«

Meistens würden doch Küche und Bad erneuert, sagte Sarah, mit moderneren Installationen.

Das brauche sie nicht, sagte Frau Meier und ließ sich die Schokolade im Mund zergehen.

Sarah überlegte sich, was es noch für Fragen gäbe, wenn sie wirklich eine Arbeit über genossenschaftliches Wohnen machen müsste.

Dann fragte sie, ob sie schnell auf die Toilette dürfe.

Alles in dieser Wohnung war eng, selbst die Luft. Vor dem Eintreten in die Toilette streifte man die Regenmäntel, die an den Garderobehaken im Korridor aufgehängt waren.

Die WC-Schüssel war direkt neben einer Sitzbadewanne, sodass man sich mit einer Hand auf den Rand der Wanne stützen konnte. Gern hätte Sarah das Fenster geöffnet, wären da nicht mehrere Rollen Toilettenpapier und eine Aktionspackung Seifen auf dem Sims davor gelegen. Sie musste gar nicht auf die Toilette, setzte sich aber, um Zeit zu gewinnen, trotzdem auf die Klobrille und überlegte sich, wie sie weiterfahren könnte.

Im Moment vollzog sie ihren Plan B, »K.Meier nicht

da«. Bei Plan A, »K.Meier da«, hätte sie ihn direkt und ohne Umschweife nach der Tante gefragt. Bei ihrer Suche nach Meier Konrad war sie nach dem Ausschlussverfahren vorgegangen, hatte einen Garagisten und einen Tontechniker gestrichen, ebenso die drei, welche außerhalb von Zürich wohnten, hatte am Samstagmorgen die zwei Adressen aufgesucht, die übrig geblieben waren, die eine erwies sich als Villa am Zürichberg, und als sie kurz vor Mittag bei der zweiten über dem Eingang das Relief einer knienden Frauenfigur mit einer Garbe in den Händen sah, wusste sie, dass sie vor der richtigen Wohnung stand und nahm sich den Besuch für den Nachmittag vor.

Ob die Mieten in den 40 Jahren stark gestiegen seien, wäre sicher eine Frage, ob sie an die Versammlungen der Genossenschaft gehen, eine andere, und ob sich viele Freundschaften ergeben haben im Laufe der Jahre eine weitere.

Sie schrieb sie auf, zusammen mit der Frage, ob es Feste gebe, die von der Siedlung organisiert würden, richtete dann den Blick nach oben und dachte weiter.

Neben dem Spiegel, der über dem kleinen Waschbecken angebracht war, hing ein Monatskalender einer Tierschutzorganisation mit dem Foto eines Igels. Daneben waren, über einer kleinen Kommode, zwei Regale mit ein paar Fläschchen, einem Rasierpinsel und einer Rasierseife. Auf dem oberen Regal war eine Spielzeugpuppe, wahrscheinlich ein Relikt aus den Kinderzeiten ihrer Tochter.

Ob die Tochter noch Freundinnen aus ihrer Jugendzeit in der Genossenschaftssiedlung habe, könnte sie noch fragen.

Und vielleicht noch, ob sie sich schon für ein Altersheim angemeldet hätten.

Das müsste genügen, um den Schein zu wahren.

Sie notierte die Fragen, zog die Spülung, erhob sich zum Rauschen des Wasserfalls, der im Spülkasten entsprang, und stand nun auf Augenhöhe mit der Stoffpuppe. Da fiel ihr etwas Eigenartiges auf. Die Nadel mit dem roten Köpfchen war nicht ein Schmuck des Lockenhaares, sondern sie steckte in der Schläfe der Puppe, und die zweite Stecknadel mit dem blauen Köpfchen war keine Brosche am rosa Strickjäckchen, sondern sie drang durch das Jäckchen durch und steckte in der Herzgegend der Puppe. Sie zog ihr Handy aus der Jackentasche und machte ein Foto. Es blitzte, Sarah erschrak und merkte erst jetzt, wie düster es im Bad war.

Als sie die Tür öffnete, stand Konrad Meier im Gang. Sarah erblasste, er musste während des Spülens eingetreten sein und hatte noch seinen Filzhut auf, unter dem er sie mit aufgerissenen Augen anschaute.

»Wer sind Sie und was machen Sie hier?«

»Eine Studentin!« rief seine Frau aus der Stube, und »Eine Studentin«, sagte Sarah fast gleichzeitig. »Ich mache«, fuhr sie fort, »eine Arbeit über genossenschaftliches Wohnen und befrage verschiedene Leute in Genossenschaftssiedlungen.«

Meier kniff seine Augen zusammen.

»Und was wollen Sie wissen?«

»Z. B. wie lange Sie schon hier wohnen, ob die Mieten in dieser Zeit angestiegen sind, ob man Genossenschaftsversammlungen besucht, wie gut man sich innerhalb der Genossenschaft kennt – es sind eher… soziale Fragen.«

»Und was haben Sie auf der Toilette gemacht?«

Sarah versuchte einen kleinen Scherz. »Was man so macht auf der Toilette.«

Kein Erfolg. Meier stand so, dass sie nicht an ihm vorbei in die Stube konnte. Er schwieg und musterte sie von oben bis unten. Sarah war mehr als einen Kopf größer als er. Jetzt müsste sie einen Plan C haben, »K.Meier kommt nach Hause«, doch es gab keinen Plan C.

»Sie sind Herr Meier, nehme ich an?« fragte sie so höflich wie möglich.

»Und Sie?«

»Kanté, Sarah Kanté«. Den Nachnamen ihres Vaters hatte sie für die wenigen Fälle bereit, wo er ihr günstiger schien als Rast.

»So, so. Eine Negerin.« Meier stützte seine Hände in die Hüften.

Sarah beherrschte sich.

»Mein Vater ist ein afrikanischer Arzt, meine Mutter ist Schweizerin.«

»Und wie heißt sie?«

»Auch Kanté – darf ich bitte in der Stube meinen Rucksack holen?«

»Und wie hieß sie ledig?«

»Entschuldigung, Herr Meier, aber das ist hier nicht von Interesse. Ich glaube, es ist wohl besser, ich gehe.«

Meier trat zur Seite, Sarah ging in die Stube, nahm ihren Rucksack, den sie neben den Sessel gestellt hatte, schob ihren Notizblock hinein, hängte sich einen Träger über die linke Schulter und reichte Frau Meier, die ziemlich verdattert auf ihrem Kanapee hockte, die Hand.

»Danke für die Auskünfte, Frau Meier, die Schokolade lasse ich Ihnen gerne da. Auf Wiedersehn.«

Frau Meiers Hand war ein schlaffer Klumpen.

»Ade«, sagte sie nur.

»Ade, Herr Meier«, sagte Sarah im Korridor.

Er stand so, dass sie neben ihm durchkam. Die Hände hatte er jetzt in den Hosentaschen und behielt sie drin, obwohl ihm Sarah ihre Hand hinstreckte.

Als Sarah die Wohnungstür öffnen wollte, war sie abgeschlossen.

Sie drehte sich um, und Meier stand nun einen Schritt vor ihr.

»Was wollten Sie auf der Toilette?« fragte er.

»Das hab ich Ihnen gesagt, ich musste auf die Toilette.«

»Zum Fotografieren?«

Sarah sah, dass die Toilettentür oben zwei Milchglasscheiben hatte.

»Ich wollte schnell sehen, ob ein SMS gekommen ist und bin aus Versehen in die Fotofunktion geraten.«

Meier machte einen Schritt auf sie zu und stand so nahe, dass er sie fast berührte.

»Und was haben Sie dabei fotografiert?«

Sarah ballte eine Hand zur Faust und überlegte sich eine Sekunde, ob sie zuschlagen sollte, doch auf einmal bekam sie es mit der Angst zu tun. Sie trat einen Schritt zurück, stieß mit dem Rücken an die Tür und hob abwehrend die Hände in die Höhe.

»Den Boden. Ich musste wirklich auf die Toilette. Ich bin schwanger«, sagte sie leise, aber bestimmt.

»So, so. Auch von einem Neger?«

»Ich bitte Sie – was wollen Sie von mir?«

»Und was wollen Sie von *mir*, Fräulein Sarah Rast, dass Sie bei uns herumschnüffeln?«

Sarah war empört.

»Sie haben auch bei uns herumgeschnüffelt!«

»Also«, sagte Meier, zog den Schlüssel aus seiner Hosentasche, ging zur Tür und öffnete sie, »dann sind wir ja quitt. Und merken Sie sich: ich will Sie hier nicht mehr sehen.«

Sarah schob sich an ihm vorbei ins Treppenhaus. »Und ich Sie bei uns nicht mehr, das können Sie sich auch merken!«

Nach ein paar Stufen drehte sie sich nochmals um und rief: »Und wie Sie Marcel Wyssbrod fertiggemacht haben, finden wir auch ohne Sie heraus!«

Doch da war die Wohnungstür schon geschlossen.

18

Sie saßen auf einer Bank auf der Rigi, etwas unterhalb der Bergstation Rigi Kulm. Isabelle hatte Véronique am Sonntag zu einem Ausflug auf den klassischen Schweizer Aussichtsberg eingeladen, war mit ihr in der Rigi-Bahn bis zur obersten Station gefahren, von der aus man in ein paar Minuten auf den Gipfel gelangte.

Das Wetter war etwas weniger schön, als sich Isabelle erhofft hatte. Zwar schien noch die Sonne, aber das Alpenpanorama war nicht lückenlos zu sehen, Wolken zogen auf und begannen sich vor die Bergspitzen zu legen oder sie einzuhüllen. Immerhin hatte Isabelle Véronique von der Aussichtsplattform aus noch Eiger, Mönch und Jungfrau zeigen können, bevor der Vorhang vor ihnen zugezogen wurde. Sie gehörten zu den wenigen Gipfeln, die sie zuverlässig kannte, und der Blick hinunter auf den Zuger- und Vierwaldstättersee und, auf der andern Seite, auf die Seen des Mittellandes war auch noch frei gewesen und hatte Véronique ebenso beeindruckt wie die ganze Gebirgskette.

Bei der Fahrt in die Höhe waren sie mitten in einer japanischen Reisegruppe gesessen. Die asiatischen Touristen, so schien es, wollten den Gipfel nur erreichen, um sich gegenseitig zu fotografieren, und als Isabelle einen der Japaner fragte, ob er sie beide mit ihrem Apparat fotografieren würde, knipste dieser freundlich lächelnd einige Bilder, wechselte vom Querformat ins Hochformat, schlug ihnen vor, sich noch etwas zu verschieben, because of the lake, und bat dann Isabelle, mit seinem Apparat ein Bild von Véronique und ihm zu schießen, »with a lady from Switzerland«. Sie sei Kanadierin, sagte Véronique, die Schweizerin sei Isabelle, worauf er seinen Apparat Véronique in die Hand drückte und sich neben Isabelle vor das Geländer der Plattform stellte.

Isabelle hatte zu Hause zwei Eier hart gekocht, zwei Rüben und zwei Äpfel und eine Nussschokolade eingepackt, am Bahnhof für jede von ihnen ein Sandwich und ein Fläschchen Mineralwasser gekauft, und das hatte sie nun zwischen ihnen beiden auf zwei farbigen Papierservietten auf der Bank ausgebreitet. Sie zog das Picknicken den Ausflugsrestaurants vor, deren Terrassen voller Familien mit quengelnden Kindern, Senioren mit großen Hunden und fröhlichen Wandergruppen waren und wo man endlos auf das überforderte Servierpersonal warten musste.

Véronique freute sich über diesen improvisierten Tisch, biss mit Appetit in ihr Sandwich und sagte: »Now I feel like a lady from Switzerland.«

Zum Picknick gehöre auch, sagte Isabelle, dass man die Eier mit den Spitzen aufeinanderschlage, bevor man sie schäle. Wer das härtere Ei habe, dürfe dem andern befehlen, den Abfall mitzunehmen. So hätten sie es immer mit ihren Eltern gemacht, wenn sie an einem Sonntag oder in den Ferien wandern gegangen seien.

Ob sie denn eine glückliche Jugend gehabt habe, fragte Véronique.

Isabelle überlegte einen Moment.

Ja, doch, das könne man sagen. Sie sei mit ihrer jüngeren Schwester zusammen in Winterthur aufgewachsen, ihr Vater sei Buchhalter gewesen bei einer Textilmaschinenfabrik, ihre Mutter habe als Arztgehilfin in der Praxis eines Gynäkologen gearbeitet, Teilzeit, als sie noch klein waren, später Vollzeit. Ihr Vater sei gerade rechtzeitig pensioniert worden, bevor die große Krise über die Textilmaschinenbranche hereingebrochen sei. Sie habe das machen können, was sie gewollt habe, es sei schon als Kind ihr Wunsch gewesen, Krankenschwester zu werden, und so habe sie die Pflegerinnenschule in Zürich besucht und habe sich später noch zusätzlich in Gerontologie aus- und weitergebildet, aber da sei sie schon lange erwachsen und selbständig gewesen.

Wieso man eigentlich Alte pflegen wolle, wenn man jung sei?

Das frage sie sich manchmal auch, wenn sie höre, was die jungen Pflegerinnen nach dem Wochenende von ihren Discobesuchen und Parties erzählen, das sei etwa das Gegenteil der Welt im Heim, mit all den langsamen und hilflosen Leuten, für welche die Zeit nicht mehr dieselbe Bedeutung habe und die doch dauernd fragen, wie spät es ist. Genau das habe sie aber immer fasziniert, dass die Menschen im Alter so anders werden, die Starken werden schwach, die Geraden werden krumm, die Gescheiten werden verwirrt, und alle brauchen Hilfe. Doch natürlich heiße das auch, künstliche Darmausgänge entleeren und Katheterbeutel auswechseln, und das müsse man ertragen, gerade kürzlich habe eine Junge deswegen ihre Ausbildung abgebrochen.

Und als das Kind kam?

Das sei nicht leicht gewesen, sie sei von Genf wieder nach Winterthur gezogen, habe eine Wohnung in der Nähe ihrer Eltern gefunden, ihre Mutter sei ihr beigestanden, indem sie ihre Arbeit von Vollzeit auf Teilzeit reduzierte, sie selbst konnte Teilzeit arbeiten, dann gab es noch eine Schwester ihres Vaters, die einsprang, und natürlich den Kinderhort, sie musste sich einfach einen genauen Fahrplan machen, der dann auch von Sarah immer wieder über den Haufen geworfen wurde, wenn sie plötzlich den Keuchhusten oder die Masern hatte, aber irgendwie ging es, jedenfalls glaube sie nicht, dass Sarah Schaden genommen habe an ihrer Kindheit.

Nein, diesen Eindruck mache sie nicht, sagte Véronique, und fragte sie dann: »Kannst du dir vorstellen, sie hätten dir deine Tochter mit sechs Monaten weggenommen?«

Isabelle schüttelte den Kopf.

Eigentlich, sagte Véronique, könne sie immer noch nicht glauben, was ihnen Martins Mutter gestern erzählt habe.

Ja, das falle auch ihr schwer, sagte Isabelle, aber neu sei es ihr nicht, von den Menschen im Pflegeheim habe sie mehr als eine solche Geschichte gehört. »Eine Patientin hatte ich, die war Kindergärtnerin und bekam nach der Geburt eines unehelichen Kindes keine Stelle mehr. Man hatte wohl einfach in jener Zeit ganz genaue Vorstellungen, was recht war und was nicht. Eine andere Patientin war als Kind einer Zigeunerfamilie aufgewachsen und mit sieben Jahren aus dieser Familie geholt worden, weil man überzeugt war, dass Fahrende ein falsches Leben führten. Die Pflegefamilie war dem Unglück dieses Kindes nicht gewachsen, und es begann eine Heim- und Anstaltskarriere, man hat den Menschen die Kinder gestohlen, und den Kindern die Jugend, und war überzeugt, das Richtige zu tun.«

Martin habe einen sehr starken Charakter gehabt, sonst hätte er das nicht überlebt, sagte Véronique. Das werde ihr erst jetzt richtig klar. »So ein wunderbares Land«, fügte sie hinzu, »Berge, Seen, lauter Wohlstand und saubere Häuser, und dann so etwas.«

»Eine schöne Landschaft macht die Menschen nicht besser«, sagte Isabelle.

Sie glaube, die Moral sei die Mutter der Lügen, sagte Véronique, »la morale est la mère des mensonges«. Diesen Spruch habe einmal jemand ans Mitteilungsbrett der katholischen Schule gehängt, in die sie gegangen sei. Verlogen sei die Erziehung durch die Nonnen gewesen in dieser Schule, man habe nicht einmal das Wort »Bauchweh« benützen dürfen, Schmerzen wegen der Periode hätten sie mit dem Satz »J'ai mal en dessous du tablier« anmelden müssen, es tut mir weh unter der Schürze. Und zur Beichte habe man sie gezwungen, für die sie sich Sünden ausgedacht hätten, die sie gar nicht begangen hatten, weil sie wussten, dass man so beim Pfarrer besser wegkomme.

Völlig sicher zu sein, was gut und böse sei und Regeln dafür aufzustellen, die strikte einzuhalten seien, gehöre wahrscheinlich zu den Übeln, die auf der ganzen Welt verbreitet seien, sagte Isabelle.

»Ein solcher Hund gehört an die Leine!« rief hinter ihnen die Mutter eines kleinen Buben, der soeben von einem Labrador beschnüffelt wurde und laut aufschrie.

»Er will nur spielen«, sagte dessen Meister jovial, ein Mann mit einer roten Golfermütze, der sich die Hundeleine über seine Windjacke geschnallt hatte, »komm, Rocco, Fuß!«

Aber Rocco kam nicht Fuß, sondern fuhr fort, sich hautnah für den Kleinen zu interessieren, worauf die Mutter ihn zu sich hochhob und dem Hundehalter empört sagte, er solle seinen Köter endlich an die Leine nehmen.

Das sei dann übrigens kein Köter, sagte der Besitzer, sondern ein reinrassiger Labrador, und setzte seinen Weg bergauf fort, ohne die Leine von seiner Schulter zu nehmen, während die Frau, welche mit dem Buben bergab ging, sagte, mit Hundebesitzern könne man sowieso nicht reden, die seien blöder als ihre Viecher.

Reden schon, rief der Mann ihr nach, aber nicht in dem Ton!

Sie könne ja bellen, rief die Frau zurück.

Isabelle, welche den Dialog verfolgt hatte, sagte zu Véronique, dass man auf einem solchen Spazierweg einen Hund an die Leine nehmen müsse, sei allerdings eine Regel, deren strikte Einhaltung sie verteidigen würde.

Véronique lächelte. »J'ai toujours eu la chienne des toutous.«

Was sie damit meine, fragte Isabelle, die den Satz nicht verstand.

»I've always been afraid of dogs«, sie habe immer Angst gehabt vor Hunden, und als Martin pensioniert worden sei, habe er mit dem Gedanken gespielt, sich einen Hund anzuschaffen, aber sie sei dagegen gewesen. »Oder was sollte ich jetzt mit einem Hund machen?« Sie schneuzte sich.

Isabelle schlug vor, weiterzugehen. Sie wollten bis Rigi Staffel hinunter, vielleicht sogar bis Rigi Klösterli. Das Wetter war nochmals etwas trüber geworden, nun war das gesamte Alpenpanorama hinter den Wolken verschwunden, und von den Voralpen ragten einzig die beiden Mythen aus einer Wolkenbank heraus, die sich vom Vierwaldstättersee her über den Lauerzersee geschoben hatte.

Véronique fragte, was das für Berge seien, und Isabelle nannte ihr die Namen und sagte, dass auf den höheren und steileren der beiden sogar ein Weg führe, den sie als Kind mit ihren Eltern auch schon gegangen sei.

»Wirklich?« Véronique wunderte sich sehr. Die beiden Gipfel erschreckten sie, sagte sie, »ils m'effraient«, sie sähen wie zwei riesige Haifischzähne aus, die jederzeit zubeißen könnten.

Isabelle lachte über den Vergleich und sagte, so gefährlich seien sie nun auch wieder nicht.

»Wer weiß?« antwortete Véronique, »qui le sait?«

Sie zogen die Reißverschlüsse ihrer Jacken zu, schlugen die Kapuzen hoch und begannen im einsetzenden Nieselregen vorsichtig in die Tiefe zu steigen.

19

Wie kam es dazu, dass Sarah am frühen Sonntagnachmittag zusammen mit Nubi, einer nigerianischen Studentin, vor diesem Wohnblock in Volketswil stand, von dessen vier Balkonen einer mit zwei kleinen Wagenrädern und einem Schweizerfähnchen geschmückt war und ein anderer mit einer einzigen Blumenkiste, aus der Fuchsien über den Balkonrand hinunterhingen?

Der gestrige Besuch bei Konrad Meier und dessen Frau hatte sie verstört, sie hatte das Gefühl, alles falsch gemacht zu haben und wusste dennoch nicht, wie sie es sonst hätte anstellen können, mit den Meiers in Kontakt zu kommen.

Die Vorlesungsnotizen über das Kriegsvölkerrecht musste sie wieder weglegen, sie war außerstande, sich darauf zu konzentrieren. Meier hatte sie nicht angerührt, trotzdem hatte sie das Gefühl, es sei ihr Gewalt angetan worden. Welches Verschulden traf sie dabei? Sie hatte gelogen, ganz klar, sie hatte sich den Zugang zur Wohnung mit unwahren Angaben erschwindelt und hatte sich dann in ihrem eigenen Gespinst verstrickt. Meier hatte sie sofort wiedererkannt, so wie sie ihn wiedererkannt hatte. Wäre er von Anfang an zu Hause gewesen, hätte sich das Spiel mit der Befragung erübrigt.

Dass sie sich überhaupt auf solch ein Spiel einließ, war ihr an sich selber neu. Es hing mit der Wut zusammen, die sie auf diesen Schnüffler hatte, der ihre Mutter mit seinen Anrufen belästigte und sie sogar verfolgte – wieso wollte er wissen, wo sie wohnte, was ging ihn das an? War es da nicht logisch, dass auch sie ein Recht darauf hatte, zu wissen, wo er wohnte?

Am Abend war sie dann in eine Studentendisco gegangen, welche immer am letzten Samstag des Monats von Kolleginnen und Kollegen der juristischen Fakultät organisiert wurde. Diese fand jeweils in einem leer stehenden Restaurant, das auf seinen Abbruch wartete, unter dem Titel »Aufschiebende Wirkung« statt.

Dort hatte Nubi sie angesprochen. Sarah kannte Nubi vom Sehen, sie war eine der wenigen schwarzen Jus-Studentinnen und war zwei oder drei Semester weiter als sie. Sie hatte ihre Haare bis auf einen Millimeter geschoren und trug ein Piercingringlein unter der Nasenspitze. Sie saß auf einem Barhocker, als Sarah an der Theke einen Gin Tonic verlangte, hatte die Beine übereinandergeschlagen, sodass ihre Schnürstiefel auffielen, deren Schäfte über und über mit goldglänzenden spitzen Stiften bestückt waren. Sie waren ins Gespräch gekommen, Nubi hatte von ihr wissen wollen, ob ihre Hautfarbe von ihrem Vater oder ihrer Mutter stamme, hatte ihrerseits erzählt, dass sie mit ihrer Familie als Kind aus Nigeria gekommen sei, aber inzwischen das Schweizer Bürgerrecht habe, »eine waschechte Zürcherin!« Ihre Eltern hätten zwar kürzlich das Einbürgerungsgesuch eingereicht, aber ein Problem dabei sei wohl, dass ihr Vater nicht wirklich Deutsch lernen wolle.

Sarah hatte zu den Schwarzafrikanern ein zurückhaltendes Verhältnis. Manchmal, wenn sie diese Familien sah, die Mütter je nachdem in farbig bedruckten langen Gewändern oder in hautengen Jeans, die Väter in modischer Casual Wear gekleidet, mit drei oder vier glacéschleckenden Kindern im Schlepptau, und dem kleinsten in einem blitzblanken gefederten Kinderwagen, ertappte sie sich bei einem spießbürgerlichen Abwehrreflex. Woher kommen die? Wieso sind es so viele? Wo gehen die zur Schule? Wer bezahlt das alles? Für sie war jedenfalls klar, dass sie nicht zu denen gehörte. So lange, bis der Abwehrreflex auf sie selbst angewandt wurde. Sie nannte das den »Negerhammer«, in den sie immer wieder hineinlief, zuletzt bei Meier, und dann schämte sie sich ihres Mangels an Solidarität mit den Menschen des schwarzen Kontinents, die ihr Glück hier versucht hatten und denen es auf irgendeine Art gelungen war, hier anzukommen. Hatte nicht sie selbst einen solchen Vater? Und hatte er nicht das Glück gehabt, auf ihre Mutter zu stoßen? Doch dann, und das war der Unterschied, dann war er zurückgekehrt in seinen Kontinent, und die einzige Spur, die er zurückgelassen hatte, war sie, Sarah.

Nubi sagte von sich, sie wolle nach dem Abschluss noch ein Postgraduate-Jahr machen, in England oder den USA, und danach habe sie im Sinn, in Nigeria als Anwältin zu arbeiten.

Sarah nickte ihr anerkennend zu, die Musik, die von einem DJ namens »Summa cum laude« aufgelegt wurde, schwoll zu fast unerträglicher Lautstärke an, irgendein Technosound war gerade angesagt, und als Sarah von der Theke wegwollte, neigte sich Nubi zu ihr, fasste sie mit der Hand am Kopf, kam mit den Lippen ganz nah an ihr Ohr und fragte sie, halb flüsternd, halb rufend: »Hast du Sorgen?«

Sarah war frappiert. Man sah es ihr also an. Sie fragte Nubi pantomimisch, ob sie mit ihr hinauskomme, sie schlugen die Aufforderung zweier Männer, mit ihnen auf die Tanzfläche zu kommen, aus, und draußen, wo die Rauchenden saßen, setzten sie sich auf eine Mauer. Nubi bot Sarah eine Zigarette an, und dann erzählte ihr Sarah die Geschichte von heute Nachmittag und, in einer Kurzform, die Vorgeschichte dazu.

Nubi lachte über Sarahs Frechheit und fragte, wieso sie denn die Puppe fotografiert habe.

Statt einer Antwort zog Sarah ihr Handy aus der Tasche, fuhr auf den Fotomodus und zeigte Nubi das Bild.

Nubi pfiff leise durch die Zähne. Schon oft habe sie gehört, dass es das hier auch gebe, aber gesehen habe sie es noch nie, zum Glück.

Und deshalb standen sie nun vor diesem Vorortswohnblock, Nubi hatte den Haupteingang mit ihrem Schlüssel geöffnet, klopfte kurz an die Tür der Parterrewohnung, die nicht abgeschlossen war, und trat mit Sarah zusammen ein.

Sie hatte ihr gestern gesagt, ihr Vater, der heute als Friedhofgärtner arbeite, sei in Nigeria Medizinmann gewesen und kenne sich mit diesen Dingen aus, und wenn sie ihm das Bild zeige, könne er ihr bestimmt etwas dazu sagen.

Die Wohnung sah überhaupt nicht so aus, wie sie sich Sarah vorgestellt hatte. Nichts Farbiges, lauter normale Mäntel und Jacken an der Garderobe, keine Felle und Jagdspeere an der Wand, da hing sogar ein Poster vom Landwasser-Viadukt der Rhätischen Bahn, und aus der Küche trat, in einen wunderbaren Backofenduft gehüllt, eine füllige Frau mit einer blauweiß gestreiften Kochschürze, die sich als Nubis Mutter Amanda vorstellte und sagte, sie habe gerade Cookies und Chin-chin gemacht, und ob Sarah einen Tee dazu wolle, oder lieber erst nachher, Jo sei in seinem Zimmer und erwarte sie. Nubi half nach, Jo ist mein Vater.

Nachher gerne, sagte Sarah, sie würde lieber zuerst mit Jo sprechen. Nubi klopfte an die Tür neben der Küche, öffnete sie einen Spalt und rief Sarahs Namen. Dann schob sie Sarah sanft hinein, blieb selber draußen und schloss die Tür wieder.

Sarah war überrascht und erschrocken.

Das Zimmer war vollkommen leer, es stand kein einziges Möbel darin, es hing kein einziges Bild an der Wand, und auf dem Parkettboden saß mit gekreuzten Beinen ein Mann in Shorts mit nackten Füßen und entblößtem Oberkörper. Er war von ihr abgewandt, und ohne sich nach ihr umzudrehen, forderte er sie auf: »Come here.«

Zögernd ging Sarah um ihn herum und ließ sich dann ihm gegenüber auf ihre Knie nieder.

»Hello, I'm Sarah«, sagte sie.

Der Mann nickte.

Seine rechte Hand hielt einen gewundenen hölzernen Stab mit einem gekerbten Muster, und um den Kopf trug er ein feines Lederband.

»Whom are you worried about?« fragte er sie, um wen sie Angst habe.

»About my mother«, antwortete Sarah.

»Why?«

»My mother has an enemy. I was in his house. I saw

this.« Sie zog das Foto der Puppe, das sie sich ausgedruckt hatte, hervor und zeigte es ihm.

Jo nahm es in die Hand und blickte es lange an.

Dann fragte er: »A picture of your mother?«

Daran hatte Sarah nicht gedacht. Da kam ihr in den Sinn, dass sie ja das Handy dabeihatte. Sie öffnete es und suchte unter den Fotos eines, das sie von ihrer Mutter an ihrem letzten Geburtstag gemacht hatte, während einer Schifffahrt auf dem Vierwaldstättersee, sie hatten sich gegenseitig unter der Schweizerfahne am Heck des Schiffes geknipst. Mit dem Zoom ließ sie Isabelle noch ein bisschen näher rücken und reichte dann den Apparat dem Medizinmann.

Jo schaute Isabelles Bild an, danach das Bild der Puppe, dann legte er das Handy und das Foto vor sich auf den Boden, ließ etwas Raum dazwischen, zog einen Zuckerstreuer voll Sand aus seiner Hose und streute um jedes Bild einen Kreis. Dann beugte er sich hinunter und hielt seinen Kopf so, als horche er an den Bildern, zuerst an demjenigen Isabelles, dann an dem der Puppe. Dabei atmete er stoßweise, es klang fast wie ein Stöhnen.

Sarah wurde es immer unwohler. Was mache ich hier, dachte sie, was soll dieser Zauber?

Es dauerte ziemlich lange, bis Jo sich wieder aufrichtete. Er war schweißnass, legte den Stab zwischen die beiden Bilder, wartete lange und sagte schließlich, sie brauche keine Angst um ihre Mutter zu haben: »Don't worry about your mother.«

»Sure?« fragte Sarah und merkte, wie erleichtert sie war.

»Yes«, sagte Jo, und fügte dann hinzu, jemand anderes sei das Ziel: »It's against somebody else.«

Sarah erschrak.

»Against whom?« fragte sie fast tonlos.

»I don't know«, sagte Jo.

Er wusste also nicht, gegen wen.

Bis jetzt hatte Sarah das Gefühl gehabt, er schaue über sie hinweg in eine unbestimmte Weite, nun aber fixierte er sie mit seinem Blick und wiederholte: »I don't know«, und fügte dann hinzu: »But it's dangerous.«

Gefährlich also. Sie hatte es geahnt.

20

Als Isabelle die Tür zu ihrer Wohnung öffnete, duftete es nach Spaghettisauce. Einen Moment fragte sie sich, ob sie sich in der Tür geirrt habe, dann sagte sie zu Véronique »Attends« und ging vorsichtig in die Küche.

Auf dem Tisch lag ihr Rüstbrett mit einem Messer, umgeben von Zwiebelhäuten, Zucchettischalen, Peperonistielen, Tomatenresten, offenen Gewürzdöschen, einem großen Kopfsalat und einer aufgeschnittenen »Arrabbiata«-Packung, und auf dem Herd stand eine Pfanne. Die Platte war auf Stufe 1 gestellt, eine Sauce blubberte vor sich hin, rot und vielversprechend, trieb Blasen an die Oberfläche, welche beim Zerplatzen kleine Farbtupfen an die Pfannenwand warfen. Etwas Trotziges ging von der Pfanne aus, wie von einem allein gelassenen Kind, das mit sich selbst spielt. Isabelle drehte die Herdplatte auf 0 und rief halblaut: »Sarah!«

Sie ging zur Tür des Badezimmers, drückte vorsichtig die Klinke nieder, aber Sarah war nicht dort.

Als ob ein Mann am Kochen wäre, sagte Véronique lächelnd, als sie in die Küche schaute.

Beide hatten ihre Schuhe und Regenjacken noch nicht ausgezogen.

Das könne nur Sarah sein, sagte Isabelle.

Sie setzte sich, und auf einmal bekam sie es mit der Angst zu tun. Ob etwa Meier hierhergekommen war, um sie, Isabelle, noch einmal zur Rede zu stellen, und hatte dann Sarah vorgefunden, die offensichtlich ein Überraschungsessen vorbereitete? War es zu einer Auseinandersetzung gekommen? Oder hatte er sie weggelockt? Aber was konnte er von ihr wollen? Es wurde ihr bewusst, wie unberechenbar dieser Mann war.

Oder war er hier gewesen, und Sarah war ihm nachgeschlichen? Wenn sie nur auf sich aufpasste, sie war manchmal so ungestüm und unbedacht.

Was sie sich denke, fragte Véronique, und Isabelle sagte, dass die Köchin weggegangen sei, sei doch seltsam, sie hoffe, dass nicht etwa Meier aufgetaucht sei und es zu einem Zwischenfall gekommen sei.

Was denn Meier für einen Grund hätte, hier aufzutauchen.

»Zum Beispiel, um mit dir zu sprechen«, antwortete Isabelle, »er hat mir nicht wirklich geglaubt, dass Martin nicht mehr lebt.«

Ob sie schon versucht habe, Sarah anzurufen, fragte Véronique.

Ach natürlich, das werde sie gleich tun. Sie ging zu ihrem Telefonapparat und tippte Sarahs Nummer ein. Aus der Küche ertönte ein Klingelton. Sarahs Handy lag hinter dem Kopfsalat auf dem Küchentisch.

Entmutigt legte Isabelle den Hörer hin. Véronique fasste Isabelle am Arm und bat sie, sich nicht zu ängstigen, sicher werde Sarah jeden Moment zurückkommen.

»Und wenn sie nicht kommt?« Isabelle traten die Tränen in die Augen.

»Mais écoute…«, sagte Véronique und legte den Arm um ihre Schulter.

»Hallo, Ma!« rief Sarah, und blieb dann verblüfft unter der Türe stehen, als sie die zwei Frauen in ihren Regenjacken sah.

»Kind, wo warst du?« Isabelle ging zu ihrer Tochter und schloss sie heftig in die Arme.

»Kind?« Sarah lachte. »Ich hab keine Spaghetti gefunden im Küchenschrank und war schnell im Bahnhofsladen.« Sie löste sich aus der Umarmung ihrer Mutter und hob ihre Tragtasche mit der Spaghettipackung in die Höhe. »Die hatten sogar die mit der Frau und den Ähren drauf, wie in der Geschichte von der ›Spaghettifrau‹, die ich als Kind so gern hatte. Siehst du?«

Dann sah sie, dass Isabelle geweint hatte.

»Ma, was ist? Hast du dir Sorgen gemacht?«

Isabelle nickte.

»Wegen mir?«

Isabelle nickte nochmals. Sie kämpfte immer noch mit den Tränen.

»Ich wollte euch doch überraschen.«

»Das ist dir gelungen, Sarah. Ich weiß nicht, wieso ich plötzlich so erschrocken bin.«

»Aber sonst geht's dir gut? Kein Kopfweh, kein Herzrasen?«

»Nein, nein, wie kommst du denn darauf?

»Einfach so. Weil du so – so verändert bist.«

»Wir hatten einen schönen Ausflug, und jetzt bin ich etwas müde. Das ist alles.«

»Also, dann geht euch jetzt umziehen, du legst dich einen Moment hin, und in einer halben Stunde gibt es Spaghetti, okay?«

»Sehr okay sogar.«

Sarah war erleichtert. Sie hatte keinen großen Hunger, da sie nach der Sitzung mit Nubis Vater noch von Amandas Cookies und vor allem von ihren Chin-chins gegessen hatte, einem verführerischen Bananen-Snack. Jo hatte sich im Übrigen nicht mehr sehen lassen, und Amanda hatte sie gefragt, ob es wohl in der Wohnung schweizerisch genug aussehe, für den Fall, dass jemand von der Gemeinde vorbeikomme, »isch es bitzeli wie Schwiz?« Das hatte ihr Sarah gerne bestätigt, und von dort war sie dann gleich hierhergefahren.

Später, als sie am Tisch saßen und zu einem Glas Chianti ihre Spaghetti mit den Gabeln aufrollten, erzählte Isabelle Sarah von ihrem gestrigen Besuch bei Martins Mutter, und wie diese ein Leben lang gehofft hatte, etwas von ihrem Sohn zu hören.

Sarah schüttelte den Kopf. So etwas sei ja nicht zu fassen, eine solche Schweinerei. Und an jedem 1. August eine Rede über unsere Freiheit.

Wenigstens glaube sie, dass das heute nicht mehr passieren könne, meinte Isabelle.

Das habe Martin nicht mehr geholfen, sagte Sarah.

Eine Weile aßen sie schweigend weiter.

»It's delicious«, sagte Véronique zu Sarah.

»Thank you.«

Dann fragte Isabelle, ob sie weitergekommen sei mit ihrem Völkerrecht.

Ein bisschen, antwortete Sarah, aber auf einmal habe sie der ganze Stoff furchtbar genervt. Da sei also dieser Grotius gewesen in Holland, der im 17. Jahrhundert Grundregeln für die Kriege aufgestellt habe und dabei als einer der Ersten den Schutz der Zivilbevölkerung bei der Kriegsführung verlangt habe.

Was sie denn daran genervt habe?

»Dass er ein Mann war!« rief Sarah so laut, dass die beiden Frauen zusammenzuckten und ihre Gabeln niederlegten. »Wieso hat das keine Frau verlangt? Die Frauen waren doch dauernd die Opfer in den Kriegen.

Überhaupt die ganze Rechtsgeschichte wurde von Männern gemacht! Die Geschichte auch, die Philosophie, die Theologie, die Literatur – wo waren wir? Wir haben sie bloß auf die Welt gestellt, all die Klugscheißer!«

Isabelle nickte. »Zeit, dass sich das ändert.«

Aber dass sich die Geschichte nicht mehr ändern lasse, das stinke ihr manchmal gnadenlos, sagte Sarah, dass all das, was sie da lernen müsse, von Männern ausgedacht worden sei, und fuhr weiter, zu Véronique gewandt, auch Martins Geschichte lasse sich ja nicht mehr ändern, und sie könne sicher sein, dass alle, die damals über sein Schicksal und das seiner Mutter entschieden hatten, Männer waren, und seit wann in Kanada eigentlich die Frauen das Stimmrecht hätten.

»Seit 1940.« Véronique lächelte. »In Québec, meiner Provinz, zuletzt.«

»In der Schweiz 1971. Und der letzte Kanton musste 1990 vom Bundesgericht dazu gezwungen werden! 1990 bin ich zur Welt gekommen.« Ob sie sich das vorstellen könne?

Ja, sagte Véronique, und 1940 sei Martin zur Welt gekommen. Das sei alles noch keine Ewigkeit her.

Sie aßen weiter, »eine Zwischenrunde Salat«, wie sich Sarah ausdrückte.

Meier sei damals sicher auch gegen das Frauenstimmrecht gewesen, sagte sie, und fügte hinzu: »Ich war gestern bei ihm. I was in his house yesterday.«

Erneut legten die beiden Frauen ihre Gabeln auf den Tisch.

Eigentlich hatte Sarah nur sehen wollen, ob es ihrer Mutter gut ging und ob Jo Recht hatte mit seiner Behauptung, der Voodoo-Zauber gelte nicht ihr, und sie hatte sich vorgenommen, nichts von ihrem samstäglichen Abenteuer zu verraten. Aber nun erzählte sie, wie sie sich eingeschlichen hatte und zeigte ihnen auch das Foto mit der Puppe aus der Meier'schen Toilette.

»Deshalb hast du mich nach Kopf- und Herzweh gefragt?« sagte Isabelle.

»Ja, aber der Medizinmann war sicher, dass es nicht dir gilt. Ich hab ihm auch ein Foto von dir gezeigt.«

»Der Medizinmann?« Isabelle glaubte sich verhört zu haben. Sarah biss sich auf die Lippen. Auch das hatte sie für sich behalten wollen, aber nun gab sie diese Episode ebenfalls preis und gestand, dass sie sich eben trotzdem um Isabelle gesorgt habe und froh sei, dass ihr wirklich nichts fehle.

Ihre Mutter war ihrerseits gerührt, dass ihre Tochter sie schützen wollte, wandte aber dann ein, dass sie deswegen einen afrikanischen Medizinmann aufsuche, erstaune sie schon, das sei ja nun etwas, was wir in unserer Zeit überwunden hätten.

Jetzt legte Sarah ihre Gabel nieder.

»Wer ist wir? Wir in Zürich und in Winterthur? Hast

du dich nicht mit einem Afrikaner ins Bett gelegt? Was hast du dir dabei gedacht?«

»Ich habe ihn geliebt. Das ist alles.«

»Und ich? Ich habe ihn nicht geliebt, weil ich ihn gar nie kennenlernte. Ich war ein Missverständnis. Ein Arzt und eine Krankenpflegerin werden ja wohl wissen, wie man verhütet, auch wenn man sich liebt.«

»Sarah, ich bitte dich –«

»Alle meine Vorfahren haben Medizinmänner aufgesucht!« Sie schloss einen Moment die Augen und sah wieder die dunkel glänzende Holzfigur vor sich, mit einer langen Ahnenkolonne dahinter. Dann schaute sie ihre Mutter an. »Du kennst nur deine Zürcher Sarah, aber die Sarah aus Afrika kennst du nicht!«

Isabelle war konsterniert. »Und du?« fragte sie leise.

»Ich auch nicht, verdammt noch mal!« schrie Sarah, »aber wenn ich sie kennenlernen will, dann bitte keine Kritik! Das Recht auf Kontakt mit der Familie steht sogar im Kriegsvölkerrecht!«

Véronique erhob sich und sagte, sie gehe wohl besser in ihr Zimmer.

»No, stay here«, sagte Sarah, und fügte hinzu: »You belong to the family!«

Als Véronique zögerte, sagte Sarah: »After all you are my aunt, don't you remember?« und brach unvermutet in Gelächter aus.

Véronique musste auch lachen und setzte sich wieder.

Isabelle fragte, was das bedeute, und Sarah erzählte ihr, als was sie sich in Uster ausgegeben habe, und es sei gut, dass ihr das wieder in den Sinn gekommen sei, bevor sie morgen dahin führen.

Das Gespräch wurde nun ruhiger, Véronique erzählte vom Rigi, dem Wolkenmeer und den beiden Haifischzähnen. Isabelle war froh darüber, aber es war ihr, als sei ein Vulkan ausgebrochen. Die Eruption war vorüber, doch sie nahm sich vor, vorsichtig zu sein. Es war ein Vulkan, der jederzeit wieder ausbrechen konnte.

21

Dann sei also der Antrag auf eine Verschollenenerklärung von der Vormundschaftsbehörde gestellt worden, sagte Sarah zur Gerichtsschreiberin, als sie das Blatt mit dem Urteil des Zivilgerichts vom 4. August 1962 durchgesehen hatte.

Sie saß mit Véronique in einem Sitzungszimmer des Bezirksgerichts Uster und hatte einen geöffneten Band vor sich, in dem die Urteile des Jahres 1962 eingebunden waren, das Spruchbuch, wie es die Gerichtsschreiberin genannt hatte.

Diese hatte sich als Gerichtsschreiberstellvertreterin vorgestellt; sie war sehr jung und hätte eine Assistentin an der juristischen Fakultät sein können. Ja, sagte sie, der Verschollene sei zur Zeit seines Verschwindens 17-jährig und offenbar bevormundet gewesen, und im Interesse einer offiziellen Beendigung der Vormundschaft, die nie stattgefunden habe, sei dieser Antrag wohl gestellt worden. Angehörige habe es anscheinend keine gegeben.

Sarah war mit Véronique schon um neun Uhr morgens erschienen, und es war überraschend schnell gegangen, bis ihnen bestätigt worden war, dass sie die Erklärung einsehen durften und bis sie sie hier in diesem Sitzungszimmer auch zu Gesicht bekamen.

»Und die Verhandlung, die dazu geführt hat?« fragte Sarah.

Die müssten sie im Staatsarchiv in Zürich suchen, hier seien nur die Urteilssprüche, und auch die gingen Ende dieses Jahres dorthin, nachdem die 50-Jahresfrist abgelaufen sei.

»Aber dort könnten wir sie einsehen?«

Wohl kaum, war die Antwort, die Frist für die Zugänglichkeit sei bei Gerichtsakten gewöhnlich 80 Jahre oder mindestens 30 Jahre nach dem Tod des Betroffenen.

Sarah war baff. »Und das gilt auch für die Witwe des Betroffenen?«

Ja, sagte die Gerichtsschreiberin, denn vielleicht kämen ja in den Protokollen Tatsachen zur Sprache, von denen der Verstorbene nicht wollte, dass seine Frau sie erfahre.

Sarah übersetzte diese Auskunft für Véronique und sagte, sie finde solche Vorschriften übertrieben und irgendwie »foolish«, und außer dass Martin bevormundet gewesen sei, hätten sie nichts Neues erfahren.

Vielleicht, meinte Véronique, erführen sie ja auf dem Sozialamt noch etwas.

Tatsächlich erfuhren sie auf dem Sozialamt etwas, aber etwas ganz anderes, als sie erwartet hatten.

Frau Stehli, die ihnen am Freitag widerstrebend Bescheid versprochen hatte, teilte ihnen nämlich mit, dass sie bei ihrer normalen Suche nach etwaigen Akten nicht fündig geworden sei. Das sei weiter nicht erstaunlich, da es für das, was über 50 Jahre her sei, keine Aufbewahrungspflicht mehr gebe, und pro Jahr nur etwa fünf oder zehn Dossiers erhalten würden, als Beispiele damaliger Verfahrensweise.

Dann habe sie aber in der Ecke mit den Schachteln gesucht, die sie hier scherzhaft als »XY ungelöst« bezeichneten, in Anlehnung an die bekannte Fernsehsendung, und in denen Fälle abgelegt würden, die nicht richtig abgeschlossen werden konnten oder auf irgendeine Art ein Rätsel enthielten, und dort habe sie unter Wyssbrod Marcel eine Mappe mit ein paar wenigen Hinweisen gefunden.

Die wichtigste Notiz darin:

Die Akten seien seit Ende Mai 1957 verschwunden.

Die Erziehungsanstalt Uitikon, deren Zögling er offenbar gewesen sei, habe damals gemeldet, dass Wyssbrod entwichen sei, was zur Notiz führte »Ausbruch aus Anstalt am 28. Mai 1957. Akten verschwunden, 31. Mai 1957.« »Ev. Diebstahl/Entwendung durch Wyssbrod?« stehe weiter, mit Fragezeichen.

Vorhanden sei bloß der Antrag auf Verschollenheit, unterzeichnet vom damaligen Amtsvormund A. Baumann, und die Verschollenenurkunde selbst, ausgestellt am 4. August 1962.

Sarah starrte auf das Blatt, einen Durchschlag der Urkunde, die sie schon beim Bezirksgericht gesehen hatte, Name, Vorname, geboren am, Bürger von, in Anbetracht der Tatsache, zuletzt gesehen worden am, Ermangelung jeglichen Lebenszeichens, wird hiermit, und fasste dann Véronique zusammen, was ihr Frau Stehli mitgeteilt hatte.

Véronique schüttelte tief aufatmend den Kopf und sagte, es sei so traurig, dass sie ihn selbst nicht mehr fragen könnten, »it's so sad we can't ask him anymore.«

Ob der Amtsvormund auch Marcels Vormund gewesen sei, fragte Sarah.

Nicht zwingend, nein. Er habe in dieser Angelegenheit nur die Vormundschaftsbehörde vertreten. Sie nehme an, das Verfahren sei anstelle einer formellen Aufhebung der Vormundschaft wegen Volljährigkeit angestrengt worden, damit dieser Fall einen Abschluss gefunden habe.

Das sei auch die Ansicht der Gerichtsschreiberin gewesen, sagte Sarah, und ob etwa der damalige Amtsvormund noch lebe.

Baumann? Nein, der sei vor mindestens 30 Jahren gestorben, sie habe schon mal eine Rückfrage nach ihm bearbeiten müssen.

Das »Ev.« vor »Diebstahl/Entwendung« und das Fragezeichen dahinter deute für sie darauf hin, dass es kein offensichtlicher Einbruch gewesen sei, also müsste Marcel sehr geschickt vorgegangen sein, wenn er sich seine Akten geholt habe, sagte Frau Stehli weiter.

Véronique nickte, als ihr Sarah dies übersetzte. Warum nicht, er sei sehr geschickt gewesen, »very skilfull«, und habe Schlosser gelernt, »he was a learned metalworker.« Sie fände es großartig, wenn er es getan hätte, und absolut richtig. Und sie erzählte der Sozialarbeiterin vom Besuch bei Marcels Mutter, die sie aufgrund der Geburtsurkunde gefunden hätten und die ein Leben lang auf ein Lebenszeichen ihres Sohnes gewartet habe, den man ihr nach der Geburt weggenommen habe. Ob sie sich das vorstellen könne, »can you imagine that?«

Ja, das sei leider kein Einzelfall gewesen, antwortete Frau Stehli, sie seien in letzter Zeit vermehrt mit solchen Nachfragen konfrontiert, und sie könne solche Praktiken überhaupt nicht nachvollziehen, manchmal schäme sie sich geradezu, dass sie bei derselben Behörde arbeite, und möchte sich auch gern bei ihr, Frau Blancpain, im Namen dieser Behörde entschuldigen.

Danke, das sei sehr lieb, »very kind«, aber es ändere nichts mehr an Martins Schicksal. Sie berichtete Frau Stehli, was aus ihm geworden war und zeigte ihr auch ein Foto von Martin in seiner Kapitänsuniform.

Ob man herausfinden könne, wer sein Vormund gewesen sei, falls es nicht der Amtsvormund war, fragte Sarah.

Theoretisch ja, das könne aber länger dauern, da es kein systematisches Verzeichnis der Personen gegeben habe, die als Vormund amteten, und falls man ihn fände, sei die Chance, dass er noch lebe, nicht sehr groß, das seien in jener Zeit gewöhnlich bestandene Männer gewesen, und der Altersunterschied zu den Mündeln beträchtlich.

Sarah konnte sich die Bemerkung nicht verkneifen, das sei natürlich praktisch für die Ämter, wenn man nach 50 Jahren alle Ungerechtigkeiten, die sie begangen hatten, dem Reißwolf verfüttern könne.

Da könne sie ihr nicht widersprechen, sagte Frau Stehli, aber sie ihrerseits gebe sich Mühe, vorhandene Spuren aufzufinden, und da habe sie in einem Faltblatt der Mappe noch zwei Zeitungsausschnitte gefunden, die sie interessieren dürften, die habe sie ihnen fotokopiert.

Sie reichte sie ihnen über den Tisch. Sarah überflog sie beide.

Das eine war eine Todesanzeige von Christian Meier, 11.4. 1913 – 5.6.1955, wurde uns durch einen tragischen Unfall entrissen, Mathilde Meier-Schwegler, Konrad und Alfons Meier, Elsa Schwegler. Abdankung am, ehrendes Andenken bewahren.

Das andere war eine Zeitungsnotiz aus dem »Boten der Urschweiz« vom 6. Juni 1955 unter dem Titel »Bergunfall«.

Da wollte ein Vater mit seinen drei Söhnen am Sonntag, dem 5. Juni den Großen Mythen besteigen, war im oberen Drittel ausgerutscht und abgestürzt. Einer der Söhne habe ihn noch vergeblich zu halten versucht. Die Rettungskolonne habe ihn auf einem Absatz der Felswand nur noch tot bergen können.

Am Rande stand, mit Bleistift von unten nach oben geschrieben: »Verh. JG 14.9.d.J.«

Das heiße, sagte Frau Stehli, dass am 14.9. desselben Jahres, also 1955, eine Verhandlung vor dem Jugendgericht stattgefunden habe, und natürlich liege die Vermutung nahe, dass sie mit der Einweisung in die Erziehungsanstalt geendet habe.

Aber warum?

Das wisse sie auch nicht, doch die Bleistiftnotiz deute eigentlich darauf hin, dass die Maßnahme im Zusammenhang mit diesem Unfall ergriffen worden sei.

Und ein Protokoll der Gerichtsverhandlung?

Wenn, dann im Staatsarchiv.

Mit 80jähriger Geheimhaltungsfrist?

Frau Stehli nickte. Oder mit einem Gesuch um Einsicht an den Kanton, und das könne auch wieder dauern.

Und die Erziehungsanstalt Uitikon?

Die gebe es noch, ja, und dort könnten sie es natürlich versuchen. Aber dort sei man auch nicht gerade erpicht gewesen, alte Akten aufzubewahren.

Nach Sarahs Übersetzung seufzte Véronique: »It's so hard«, und sie habe den Eindruck, Martin sei von den Behörden im ganzen Leben nicht so geschützt worden wie im Tod.

Das alles tue ihr sehr leid, sagte Frau Stehli zu ihr, als sie sich verabschiedeten, »I am very sorry about all this«.

22

Jetzt war der Koffer leer.

Isabelle hatte gemerkt, dass sie keine Lust mehr hatte, irgendwohin zu verreisen. Wenn Véronique übermorgen zurückfliegen würde, blieben ihr nur noch vier Tage bis zur Wiederaufnahme ihrer Arbeit. Die wollte sie in aller Ruhe zu Hause verbringen, könnte ins Kino gehen oder in ein Konzert, würde vielleicht wieder einmal ihre Eltern besuchen oder ihre Schwester, und möglicherweise mit Sarah einen Tag verbringen, an dem sie sich aussprechen konnten über das, was gestern so unvermutet aufgebrochen war. Da gab es auch einen alten Freund, dem sie kurz vor ihrem Eintritt ins Spital zufällig in der Stadt begegnet war, sie hatten zusammen einen Kaffee getrunken und Kurzfassungen ihrer Lebensumstände ausgetauscht, und seine Neugier hatte ihr gefallen, sie hatten sich für die Zeit nach ihrer Operation und der Strombolireise ein Treffen vorgenommen, völlig unverbindlich, einfach mal so, wäre schön, gemeinsam Nachtessen, die Art von Treffen, hinter der die Verbindlichkeit geradezu lauerte.

Sie war in ihren Beziehungen zu Männern nach Sarahs Geburt sehr zurückhaltend geblieben, die Kränkung durch das Verschwinden ihres afrikanischen Geliebten war tief gewesen und hatte sie härter gemacht, aber auch vorsichtiger ihren eigenen Gefühlen gegenüber.

Sie stellte sich auf ein Leben als alleinerziehende Mutter ein, machte sich keine Hoffnungen auf einen Mann, der sich mit ihr und einem Töchterchen zusammentun würde, hatte während längerer Zeit eine Verbindung mit einem um etliches älteren Architekten, der von seiner Frau verlassen worden war und der sie zu ihrer Überraschung sogar heiraten wollte, aber Sarah, die gerade in die Schule gekommen war, hatte ihn derart heftig abgelehnt (»sonen dumme Löli!«), dass die Hölle programmiert war. Männer waren ihr aber nicht gleichgültig, und so ging sie eine längere Liaison mit einem verheirateten Computerfachmann ein, mit dem sie bei einem Ausbildungswochenende im Bett gelandet war. Ihre Abmachungen mussten stets gut organisiert werden, sowohl von seiner wie auch von ihrer Seite, und das Geheime daran steigerte die Erotik und machte ihr so lange Spaß, bis sie einmal in seiner Jacke einen Zettel fand, auf dem stand »Bis bald! Deine Wölfin.«

Eine Zeit lang las sie dann doch Heiratsinserate und traf sich einmal mit einem verwitweten Mann, der ebenfalls eine Tochter hatte und erneut eine Familie gründen wollte. »Hast auch Du ein Kind? Kein Hindernis!« war im Text gestanden, aber als sie ihm ein Foto von Sarah zeigte, erschrak er sichtlich und cachierte seinen Rückzug mit Entzücken über das herzige Meitli.

Isabelle kniete zum Koffer nieder, der die ganze Zeit im Korridor gestanden war und den sie zum Auspacken einfach auf den Boden gelegt hatte, um ihn nicht auf einen Tisch oder ihr Bett heben zu müssen, klappte den Deckel nach unten und zog den Reißverschluss zu, stellte ihn dann auf und sah, dass die Tasche auf der Vorderseite offen war. Bevor sie auch diesen Reißverschluss zuzog, griff sie hinein, aber das Fach war leer, bis auf ein Papier, das sie mit den Fingern ertastete. Sie fasste es, nahm es heraus und sah, dass es ein Zettel mit einer Nachricht war.

»Bitte aufpassen auf 044 423 57 88« stand darauf. Die Telefonnummer war mit Bleistift geschrieben, der Text mit Kugelschreiber. Die Handschrift kannte sie nicht.

Sie drehte das Blatt um, auf der Rückseite stand nichts. Es war ein kariertes Blatt eines Notizblocks, am kürzeren Rand war die Perforierung zu erkennen. Langsam ging sie damit in die Küche und setzte sich an den Tisch. Was war das für eine Botschaft und für wen? Und wie war sie in ihren Koffer gekommen?

Und die Nummer? Sie kam ihr eigenartig bekannt vor. Zu wem gehörte sie? Wer war in Gefahr?

Gerade wollte sie aufstehen, um im Internet-Telefonverzeichnis nachzusehen, wer hinter dieser Nummer steckte, als ihr klar wurde, dass 423 57 das Altersheim »Steinhalde« war, in dem sie arbeitete, und die 88 war ein Zimmeranschluss. Die zwei Endzahlen waren nicht mit den Zimmernummern identisch, und nach kurzer Überlegung hob sie den Hörer ab und stellte die Nummer ein.

Nach längerem Läuten wurde auf der andern Seite abgenommen, es folgten aber noch einige Geräusche, als schlüge der Hörer gegen diverse Gegenstände, bis sich eine brüchige Stimme mit »Maurer« meldete.

»Da ist Rast, guten Tag, Frau Maurer!«

»Wer?«

»Rast, Isabelle Rast!«

»Ah, Frau Isabelle, guten Tag!«

»Ich wollte nur fragen, wie es Ihnen geht.«

»Nicht gut – aber sind Sie nicht in den Ferien?«

»Doch – und warum geht es Ihnen nicht gut, Frau Maurer?«

»Schmerzen hab ich.«

»Wo denn?«

»Es sticht mich überall.«

»Das tut mir leid. Wissen Sie was? Ich bin heute in Zürich und komme Sie rasch besuchen.«

»Das ist nicht nötig, Frau Isabelle.«

»Ja, aber ich komme trotzdem. Bis bald, Frau Maurer!«

Isabelles Kolleginnen wunderten sich, als sie eine Stunde später in der »Steinhalde« erschien. Sie saßen gerade bei der Teambesprechung im Abteilungsbüro, das durch große Scheiben vom Ess- und Aufenthaltsraum abgetrennt war. Isabelle öffnete kurz die Tür, sagte, sie sei schon zurück und gehe schnell Frau Maurer besuchen, privat.

»Und wie war's in Stromboli?« rief ihr Cécile zu, ihre Stellvertreterin, etwas zu laut, wie meistens.

»Erzähl ich später, lasst euch nicht stören«, sagte Isabelle, schloss die Tür und ging durch den Korridor zum hintersten Zimmer. Es war ein seltsames Gefühl, ohne Funktion hier zu sein, noch nie war sie in der Straßenkleidung an den Zimmern entlanggegangen. So musste es sein, wenn man pensioniert war, dachte sie, und war froh, dass sie es noch nicht war.

Frau Maurer sah nicht gut aus. Ihr weißes Haar war nach hinten gekämmt und zu einem Knoten gebunden, aber an einigen Stellen schimmerte schon die blasse Kopfhaut durch. Eine hellrosa Bluse machte ihr Gesicht noch bleicher, als es schon war. Sie trug eine dicke Hornbrille, saß im Rollstuhl und hatte ein Buch auf den Knien.

Isabelle nahm einen Stuhl und setzte sich neben sie.

»Frau Maurer, da bin ich, guten Tag.«

»Frau Isabelle, guten Tag – dass Sie kommen...«

»Ich habe Ihnen vier Sprüngli-Pralinés mitgebracht.«

»Das ist aber lieb. Ich glaube, ich nehme gleich eins.«

»Bitte.«

Frau Maurer öffnete die kleine Schachtel, griff sich eins heraus und steckte es sich in den Mund. »Wollen Sie auch eins?«

»Nein, die sind für Sie, ich habe welche zu Hause.«

»Ist gut gegen die Schmerzen.« Frau Maurer lächelte. »Kopfweh hab ich halt, dass ich fast nicht mehr lesen kann.«

»Was lesen Sie denn?«

»Der König der Bernina. Aber kaum hab ich's gelesen, vergess ich's wieder.«

Sie blickte auf die aufgeschlagene Seite.

»Da hat Markus Paltram gerade einen gerettet und nach Österreich gebracht. Der ist ihm aber nicht dankbar dafür. Es muss einen Grund haben, nur weiß ich ihn nicht mehr.«

»Woher haben Sie das Buch?«

»Von meiner Mutter. Die hat auch gern gelesen. Es gab sogar einen Film davon, den habe ich gesehen. Er lief im Kino ›Central‹.«

»In Zürich?«

»Nein, in Uster.«

»Sie kommen aus Uster?«

»Ja, ursprünglich. Wissen Sie, was ein Camogasker ist?«

Isabelle schüttelte den Kopf. »Hab ich nie gehört, nein.«

»Die müssen einen besonderen Blick haben – ich glaube eben, der Markus Paltram ist einer.« Sie seufzte. »Wissen Sie, Frau Isabelle, das Gute, wenn man so dran ist wie ich, ist, man braucht nicht mehr viele Bücher. Wenn man mit einem fertig ist, kann man gleich wieder von vorn anfangen.«

Isabelle lachte.

»Sie haben den Humor noch nicht verloren, Frau Maurer, so lange geht's einem doch noch gut.«

»Nein, mir nicht. Letzte Woche ist meine Schwester gestorben, das macht einen auch nicht fröhlicher. So holt er einen nach dem andern von uns ab, der Saukerl.«

»Wer?«

»Der Tod. Hoffentlich haut er nicht mit der Sense drein, wenn er kommt.«

»Aber, Frau Maurer.«

»Bei mir würde eine Sichel genügen, glauben Sie nicht?«

»Der wird wohl noch nicht grad kommen.«

»Aber in die ›Steinhalde‹ kommt er doch häufig. Immer, wenn vorne eine Kerze brennt und ein Foto dasteht. Sie müssten ihm eigentlich schon begegnet sein, wenn er durch die Gänge schleicht, oder nicht?«

Isabelle lachte.

»Zum Glück nicht, Frau Maurer.«

»Ja, ja, er ist wie das Christkindlein. Wenn man die Tür aufmacht und die Bescherung sieht, ist er schon weg.«

Isabelle wusste nicht, was sagen.

»Und bis er kommt, vertrocknen wir. Könnten Sie mir nicht einen Schluck Tee bringen, wenn Sie schon da sind? Es steht noch ein Glas auf dem Nachttischchen.«

»Mach ich, Frau Maurer.«

Isabelle stand auf und ging zum Nachttischchen.

Da sah sie das Foto.

23

Sarah und Véronique saßen in der S-Bahn nach Zürich und rätselten über die Zeitungsnotiz vom Bergunfall und in welchem Zusammenhang sie mit dem Jugendgericht und Martins Einweisung in eine Anstalt stehen könnte.

Wenn bei der Familie Meier der Vater tödlich verunglückt sei, habe er als Pflegekind wohl so oder so gehen müssen, vermutete Véronique, aber weshalb nicht zu einer andern Familie, sondern in die Anstalt? Er habe ihr immer versichert, er habe nichts Unrechtes getan, und das glaube sie ihm nach wie vor. Wenn er dort zu Unrecht war, hatte er Recht, auszubrechen, und sogar wenn er in das Amt eingebrochen wäre, um seine Akten mitzunehmen, hätte er Recht gehabt.

Das sehe sie auch so, sagte Sarah, sie frage sich einfach, wie es dazu gekommen sei. Die Zeitung spreche ja von drei Söhnen, und in der Todesanzeige stünden nur zwei, also müsste der dritte Marcel Wyssbrod gewesen sein. Für eine kurze Zeitungsnotiz könne man keine langen Recherchen erwarten. Da habe es offenbar einen Rettungsversuch gegeben, einer der drei habe versucht, den Stürzenden zu halten.

»Martin«, sagte Véronique schnell, »sûrement c'était lui, il voulait toujours aider.« Bestimmt sei es Martin gewesen, der ja immer helfen wollte.

Angenommen, er sei es gewesen, sagte Sarah, dann wäre das am allerwenigsten ein Grund, ihn in einer Anstalt zu versorgen, das verstehe sie nicht.

Ob sie einmal auf diesem Mythen gewesen sei, fragte Véronique, und Sarah verneinte.

Isabelle habe ihr gestern erzählt, sie sei als Kind schon dort hochgestiegen, sagte Véronique, da gebe es einen Weg, aber sie verstehe nicht, wieso man da hinaufgehe, und auch noch mit Kindern, sie habe den Berg ja vom Rigi aus gesehen, und es wundere sie überhaupt nicht, dass man da abstürzen könne. Und weshalb der Vater abgestürzt sei, stehe das nicht in der Zeitung?

»Ausgerutscht«, sagte Sarah, »he slipped.«

Dann fragte sie Véronique, ob sie noch nach Uitikon fahren wolle, das sei nicht weit, aber Véronique verneinte. Sie sei zu müde und würde sich lieber etwas hinlegen.

Oerlikon wurde angesagt, und sie machten sich bereit zum Aussteigen. Als sie aufstanden, meldete sich Sarahs Handy mit einer SMS. Sie zog es aus ihrer Tasche, öffnete die Nachricht und war perplex. Dann sagte sie zu Véronique, sie könne sich wieder setzen, sie führen gleich weiter bis zum Hauptbahnhof.

Der Text lautete: »Tante gefunden. Kommt in die Steinhalde, B 17«.

Als Sarah und Véronique etwa dreiviertel Stunden später vorsichtig die Türe 17 der Pflegeabteilung B öffneten, fanden sie dort Isabelle, die neben einer schlafenden Frau im Rollstuhl saß und ihren Finger an die Lippen hielt.

Sie setzten sich beide auf das Bett und schauten Isabelle fragend an.

Isabelle flüsterte ihnen zu: »Frau Maurer-Schwegler. Die Schwester von Mathilde Meier. Die Tante der Meier-Brüder und die Tante von Marcel, eh Martin.« Als sie dasselbe noch auf Französisch wiederholte, sagte Frau Maurer laut: »Ich bin nicht die Tante von Marcel, aber er nannte mich so.«

»Oh«, sagte Isabelle, »ich dachte, Sie schlafen.«

»Das wissen Sie doch, Frau Isabelle, alte Weiber sind wie Katzen, die schlafen nie richtig.« Frau Maurer blickte die beiden Besucherinnen an. »Hab schon vergessen, wer ihr seid. Wer ist das Königskind?«

Isabelle lachte.

»Meine Tochter Sarah.«

Sarah nickte. »Danke fürs Kompliment.«

»Und wer war der König?«

Die Antwort kam von Sarah: »Ein afrikanischer Medizinmann.«

Frau Maurer ergriff Isabelles Hand und sagte zu ihr: »Das haben Sie gut gemacht! So was hab ich in Uster vergebens gesucht. Und die Dame?«

»Frau Maurer, jetzt müssen wir wieder ernster werden: Das ist Véronique, die Frau, die Marcel in Kanada geheiratet hat und die jetzt leider seine Witwe ist.«

»Marcel ist tot?«

»Ja, Frau Maurer, das hab ich Ihnen schon gesagt.«

Frau Maurer nahm ihre Brille ab und fuhr sich mit dem Handrücken über die Augen.

»Er hat mich doch eben noch besucht. Und hat mir kanadische Guezli mitgebracht, mit Ahornaroma. Die hab ich alle gegessen.«

»Erzählen Sie es doch nochmals der Reihe nach, Frau Maurer.«

Die alte Frau schloss die Augen einen Moment, setzte die Brille wieder auf und sagte dann:

»Am Nachmittag, ich glaube, es war Sonntag, ja, Sonntag vor einer Woche. Er wollte ja zu Mathildes Beerdigung. Ich hab ihm telefoniert deswegen, die Nummer hab ich in meiner Schublade. Wir haben jedes Jahr einmal telefoniert, ich hatte ihn eben gern, den Bub. Er kam direkt vom Flughafen zu mir, wir haben schön zusammen geschwatzt, er hat mir erzählt von Kanada, und wie es ihm gut ergangen war dort, er hat mir das Foto von sich dagelassen, und auch seine Telefonnummer in der Schweiz, die hat er neben sein Foto gelegt, er wollte nochmals kommen nach der Beerdigung, aber er kam nicht mehr, und seine Telefonnummer hab ich nicht mehr gefunden, vielleicht hat sie der Konrad mitgenommen, als er am nächsten Morgen kam, um zu fragen, ob ich auch mit zum Friedhof wolle, aber ich wollte nicht, im Rollstuhl, wissen Sie, das war mir zu mühsam.«

Dann schaute sie Isabelle an. »Als er mich fragte, wie es mir denn hier gehe, habe ich gesagt, wenn die Frau Isabelle nicht Stationsleiterin wäre, ginge es mir sicher schlechter, mit der könne ich es besonders gut, und die vertrage auch ein Späßchen.«

Véronique wollte wissen, seit wann sie Martin kenne, und Isabelle übersetzte es Frau Maurer.

»Unsere Mutter, also die Mutter von Mathilde und mir, starb jung, und kurz danach hat meine Schwester den Christian geheiratet, der hatte einen Bauernhof oberhalb von Uster, und ich war noch nicht volljährig und kam einfach mit und half im Betrieb, und da war eben der Marcel als Verdingbub, weil er keine Mutter und keinen Vater hatte, und es haben ihn alle schlecht behandelt, vor allem der Christian, aber auch meine Schwester, weil sie sich nichts getraute gegen den

Christian, und die beiden Brüder auch. Ich habe ihm manchmal etwas zugesteckt, wenn es niemand sah, und ich hab ihn dann auch einmal besucht, als er in die Anstalt musste.«

Sarah beugte sich vor. »Wieso musste er in die Anstalt?«

Frau Maurer atmete tief ein und griff sich mit der rechten Hand an die Stirn. »Ich hab solches Kopfweh.« Und nach einer Pause fuhr sie weiter: »Also, das war die schlimme Geschichte, als Christian verunglückte. Ein Sonntagsausflug auf den Großen Mythen. Mathilde wollte nicht mit auf den Gipfel und blieb im Bergrestaurant unten sitzen, und so blieb ich bei ihr. Und nach zwei Stunden kam Alfons heruntergerannt und sagte, der Vater sei ausgeglitten und abgestürzt und man solle die Rettungskolonne alarmieren.«

»Aber – die Anstalt?« Sarah war an die äußerste Kante des Bettes gerutscht.

Frau Maurer schüttelte den Kopf.

»Konrad sagte der Polizei, Marcel habe seinen Pflegevater am Bein gepackt und absichtlich hinuntergestoßen, um sich an ihm zu rächen. Darauf kam die Sache vors Jugendgericht. Es gab nur einen Zeugen, der gesehen hatte, dass Marcel Christians Bein hielt, aber der meinte eher, er habe ihn halten wollen. Man hat Marcel nicht verurteilt, aber misstraut hat man ihm trotzdem, denn Verdingkinder hatten einen schlechten

Ruf, und weil sie nicht wussten, was sie mit ihm machen sollten, hat ihn sein Vormund in die Anstalt geschickt.«

»Und der durfte das?« Sarah war aufgestanden.

Frau Maurer nickte. »Ja. Die durften alles.«

Als Isabelle Véronique zusammenfasste, was sie soeben hörte, brach diese in Tränen aus und sagte, was sie schon Sarah gesagt hatte, nämlich sie sei sicher, dass Marcel den Pflegevater retten wollte.

Isabelle übersetzte das Frau Maurer, und die sagte, ja, da sei sie auch sicher, mehr als das, sie wisse es.

»*Was* weißt du?«

Die Tür war, von allen unbemerkt, aufgegangen, und auf der Schwelle stand, in seiner braunen Jacke und seinem braunen Filzhut, mit einer kleinen Mappe in der Hand, Konrad Meier.

Er schloss die Tür hinter sich zu und blickte von einer zur andern. »Da seid ihr ja alle.« Und zu Véronique: »Und Sie sind Marcels Frau?«

Véronique brauchte keine Übersetzung und nickte.

»Marcel tot? Dead man?«

»Glauben Sie's doch endlich«, sagte Isabelle, stand auf und stellte sich neben Véronique.

»Muss ich wohl. Das war er, nicht?« Er zeigte auf das Foto auf dem Nachttischchen.

»Ja«, sagte Isabelle, »das war er.«

»Ist für mich auch ein Stuhl frei?« Er wollte sich neben Frau Maurer setzen, doch die fuhr auf und herrschte ihn an: »Nein. Du bleibst stehen!«

»Oho, geht man so mit Besuchen um, die sehen wollen, wie's einem geht?«

»Du bist kein Besuch, Konrad. Du bist der Angeklagte.«

»Halt den Mund.«

»Den hab ich lang genug gehalten.«

»Dann geh ich wohl lieber.«

Er drehte sich um, aber Sarah war vor die Tür getreten. »Uns interessiert es aber, was Frau Maurer zu sagen hat.«

Meier stellte seine Mappe ab, suchte das Zimmer nach einer andern Sitzgelegenheit ab, ging rückwärts auf das Fenster zu und lehnte sich an den Sims.

»Dein Vater war jähzornig, Konrad, das wussten wir alle. An jenem Sonntag ging er zuvorderst, blieb dann stehen, bis ihr nachkamt, und brüllte euch an, ihr sollt schneller gehen, ihr faulen Kerle. Da gabst du ihm einen Faustschlag ins Gesicht, dass er hinfiel und über den Wegrand hinabstürzte, und Marcel wollte ihn noch am Bein halten, musste ihn aber fahren lassen. Du hast ihm gedroht, du bringst ihn um, wenn er das verrät, und er hat es niemandem gesagt, auch der Polizei nicht. Er wusste ja auch, dass man einem Verdingbub nicht geglaubt hätte.«

»Woher willst du das wissen?«

»Mir hat er es erzählt, als ich ihn in der Anstalt besuchte, und ich bin sicher, dass er nicht gelogen hat. Aber ich hab's Mathilde nie gesagt, ich wollte nicht, dass sie erfährt, dass ihr Sohn der Mörder seines Vaters ist.«

»Du hast keinen Zeugen!«

»Ja, keinen außer dir.«

»Und jetzt? Was willst du?«

»Ich wollte, dass Marcels Frau die Wahrheit weiß. Fertig.«

»Hab ich dir etwas zuleide getan?«

»Ja«, rief Sarah, »das haben Sie! Sie wollten jemanden aus dem Weg haben, der die Wahrheit wusste.« Sie hatte Meiers Mappe geöffnet und zeigte den andern die Puppe mit den Nadeln im Kopf und im Herz. »Die hab ich schon bei Ihnen zu Hause gesehen. Haben Sie nicht über Kopfweh geklagt, Frau Maurer? Das bringen wir rasch wieder weg«, und sie zog die erste Nadel aus dem Kopf und die zweite aus dem Herz.

»Her mit der Puppe!«

»Die behalte ich. Für den Gegenzauber, falls Sie es noch einmal probieren. Wissen Sie, eine Negerin kann so etwas besser als ein Zombie aus Uster. Hier ist Ihre Mappe. Kapitalverbrechen verjähren nach zwanzig Jahren. Ich glaube, Sie können gehen.« Sarah öffnete ihm die Türe.

Misstrauisch blickte Meier in die Runde, nahm dann die Mappe und machte einen Schritt zur Tür.

Da trat Isabelle zu ihm, legte ihm die Hand auf den Arm und sagte: »Herr Meier, wollen Sie sich nicht noch entschuldigen?«

»Was meinen Sie damit? Bei wem?«

»Vielleicht bei Marcels Frau?«

»Die hat nichts davon.«

Dann tat Meier etwas Unerwartetes.

Er ging zum Nachttischchen, nahm Martins Foto in die Hand, blickte es lange an und sagte dann: »Marcel, es tut mir leid. Wir haben alle gelitten.«

Danach verließ er, ohne sich umzusehen, das Zimmer B 17, und alle schwiegen, bis seine Schritte im Gang verhallt waren.

Dann sagte Frau Maurer:

»Frau Isabelle – mein Kopfweh ist weg.«

24

»Merci infiniment!«

Véronique stand mit Isabelle vor der Passkontrolle am Flughafen und umarmte sie. Sie wisse nicht, was sie ohne sie gemacht hätte. Ihre Handtasche hatte sie umgehängt, den Behälter mit Martins Asche hatte sie neben sich auf den Boden gestellt.

Sie habe das gern gemacht, sagte Isabelle, obwohl das eigentlich so nicht stimmte. Sie musste es einfach machen, die Ereignisse ließen ihr keine andere Wahl. Gestern war sie mit auf das Bestattungsamt gegangen, um die Urne abzuholen, das war für Véronique nochmals ein harter Moment.

Am Abend hatte Véronique sie zum Essen in ein mexikanisches Restaurant am Marktplatz eingeladen, in dem ihnen fröhliche junge Kellnerinnen geduldig den Unterschied zwischen Fajitas und Burritos erklärten.

Sie hatten versucht, die Zeit von Martins Ankunft bis zu seinem Tod zu rekonstruieren und hatten es sich so zurechtgelegt:

Martin war um die Mittagszeit in Zürich-Kloten angekommen, hatte sich am Flughafen am Werbeaktionsstand einer Telefongesellschaft ein spottbilliges Handy samt einem Ladegerät und einem Prepaidbetrag gekauft. Den Stand hatten sie soeben beim Einchecken gesehen, die Werbeaktion lief immer noch. Das Ladegerät war bei seinen Effekten im Hotel gewesen, Véronique hatte es zunächst für das kanadische Gerät gehalten.

Wahrscheinlich hatte er sich dann etwas ausgeruht, bevor er ein Taxi ins Altersheim genommen hatte, denn die diensthabende Pflegerin sagte, er sei erst am späteren Nachmittag bei Frau Maurer zu Besuch gewesen, sie erinnerte sich gut an den gepflegten Herrn. Und an noch etwas erinnerte sie sich: Er hatte sich nach dem Besuch nach Isabelle erkundigt, und als er erfuhr, sie fahre nach einem Klinikaufenthalt in die Ferien und sei erst in vierzehn Tagen wieder da, hatte er sich für alle Fälle ihre Adresse geben lassen. Er solle ihr, hatte er gesagt, im Auftrag von Frau Maurer noch ein Geschenk überbringen.

Er hatte seiner Tante Ahorn-Cookies mitgebracht und hatte ihr ein Foto von sich in Kapitänsuniform dagelassen, sowie seine schweizerische Handy-Nummer.

Am nächsten Morgen könnte er zu Isabelles Wohnung gegangen sein, könnte gesehen haben, wie sie gerade das

Haus verließ, könnte, in der Annahme, das müsse sie sein, ihr gefolgt sein, und dann auf seinen Zettel mit der Telefonnummer der Tante seine Bitte gekritzelt haben, falls er sich ihr nicht würde erklären können. Der Zettel, so hatte Véronique sofort erkannt, gehörte zu seinem Notizblock in Kanada, die Nummer hatte er sich noch zu Hause notiert, die Bitte aber erst hier draufgeschrieben, vielleicht sogar, während er ihr folgte, und er musste ihn auf der Treppe in das Außenfach von Isabelles Koffer gesteckt haben. Isabelle hatte, daran erinnerte sie sich, beim Hinaufsteigen zur Anzeigetafel von Gleis 4 geblickt.

Und warum Martin um seine Tante in Sorge war, war ihnen nun auch klar. Sie kannte die Wahrheit über das Bergunglück und wäre, falls es während der Beerdigung zu einer Konfrontation zwischen ihm und den Brüdern gekommen wäre, eine Gewährsperson für diese Wahrheit gewesen. Darüber mussten sie an diesem Sonntag gesprochen haben. Martin wusste um Konrad Meiers Bösartigkeit und hatte Angst um Elsa Maurer.

Was er nicht wusste, war, dass Konrad Meier am selben Montagmorgen, an dem Martin den Kontakt zu Isabelle Rast suchte, zu seiner Tante ins Altersheim ging, um sie zu fragen, ob sie zur Beerdigung ihrer Schwester komme. Dort erfuhr er, dass Marcel da war, nahm sich seine Schweizer Handy-Nummer mit und versuchte ihn anzurufen.

Martin sei, hatte Véronique gesagt, in letzter Zeit vergesslich geworden. Der Anzug, den er am Sonntag getragen hatte, war im Schrank seines Hotels aufgehängt, mit dem Flugticket und seinem Pass, dem Hotelbadge und dem Geldbeutel drin, und er hatte sich am Montag wohl den andern angezogen, den er eingepackt hatte, ohne daran zu denken, Ausweis und Zimmerschlüssel einzustecken.

Dass er Isabelle angesprochen hatte, war also kein Zufall, sie war persönlich gemeint. Er suchte einen Schutzengel für seine Tante und ahnte nicht, dass er seinen Todesengel fand.

Die Aufregung über diese ungewöhnliche Annäherung und über die bevorstehende Begegnung mit dem ganzen Unglück seiner Jugend, diese Aufregung verbündete sich mit der Anstrengung des Interkontinentalfluges zum tödlichen Angriff auf sein Herz.

Sie habe, sagte Véronique, als sie sich aus der Umarmung löste, eine neue Freundin gefunden.

Moi aussi, sagte Isabelle, ich auch, und im Moment, als sie sich verabschieden wollten, schrie jemand so laut »Just a minute!« durch die Halle, dass sich verschiedene Leute umdrehten. Sarah kam die Treppe hochgerannt und schwenkte eine Rose.

Sie hatte am Morgen ihre mündliche Prüfung gehabt und angekündigt, dass sie nicht mit zum Flughafen komme. Nun hatte es ihr aber doch gereicht, und sie küsste Véronique, überreichte ihr die Rose mit den Worten »I wanted to say good-bye to my aunt«, sie habe ihrer Tante auf Wiedersehn sagen wollen.

Véronique war gerührt. Da sei sie stolz, eine solche Nichte zu haben, sagte sie und fragte, ob es denn gut gegangen sei heute Morgen.

Doch, doch, sie glaube schon, sie habe jedenfalls gewusst, wer wann weshalb Krieg führen dürfe und mit welchen Mitteln und diese ganzen Männerabmachungen, »all these deals between men.«

Als Véronique zum Schalter mit der Passabfertigung ging, trug sie in der rechten Hand ihre Tasche und in der linken Sarahs Rose. Sie drehte sich nochmals um und winkte mit der Rose, bevor sie hinter dem Schalter verschwand.

Isabelle hängte sich bei Sarah ein und lud sie zum Mittagessen in einem der Flughafenrestaurants ein.

Etwas später wurde die Halle vor der Passkontrolle evakuiert, ein Spezialtrupp der Polizei barg das herrenlose Handgepäckstück mit einem Sprengroboter, wodurch es zu einer Reihe von Abflugverspätungen kam. Da man dem Pulver und den Stützdrähten des Behälters, die bei der Durchleuchtung auf dem Bildschirm zu sehen waren, nicht traute, wurde die Urne in einem dafür vorgesehenen Steinbruch gesprengt, und Marcels Asche vermischte sich mit dem Sprühnebel des eingesetzten Wasserwerfers und fiel als sanfter Regen auf den lehmigen Boden einer Waldlichtung, im Land, in das er nie mehr zurückkehren wollte.

Epilog

Einige Wochen später erhielt Isabelle einen Brief aus Kanada.

Darin schrieb ihr Véronique, der kleine Schlüssel, den Martin bei seinem Tod bei sich getragen habe, sei für ein verschlossenes Fach seines Schreibtischs gewesen, und in diesem Fach habe sie das Heft gefunden, das sie ihr beilege. Es sei auf Deutsch geschrieben, und da sie das nicht lesen könne, habe sie es für sich kopiert und schicke ihr das Original.

Geschrieben habe es Martin, wie sie am Datum sehe, lange bevor sie sich kennengelernt hätten. Eine Kollegin, die deutsch spreche, habe ihr den Titel übersetzt, aber sie habe ihr das Heft nicht gegeben, da sie fand, das dürfe nur jemand lesen, der Martin gekannt habe, und sie sei natürlich gespannt, was er von seiner Herkunft erzähle.

Isabelle nahm das Heft in die Hand und setzte sich an ihren Tisch. Es hatte einen blauen Umschlag, und im weißen Feld für den Titel stand »Wo ich herkomme«. Sie schlug es auf, es war liniert, die vorderste Seite war leer, der Bericht begann erst auf der nächsten Seite. Er war in einer gut lesbaren Handschrift abgefasst, aber Isabelle glaubte ihr anzumerken, dass sie von jemandem stammte, für den das Schreiben nichts Alltägliches war.

Ich bin am 28. Januar 1940 in Uster im Kanton Zürich zur Welt gekommen.
Mein Name war Marcel Wyssbrod.
Wer meine Eltern waren, hat man mir nie gesagt.
Ich bin zuerst in einem Waisenhaus aufgewachsen.
Als ich zur Schule kam, suchte man einen andern Platz für mich, und ich kam als Verdingkind in eine Bauernfamilie.
Verdingkinder nennt man Kinder, welche die Armenbehörde mit einem Kostgeld in eine Familie gibt. Am liebsten hat man Pflegeeltern, welche mit einem geringen Betrag zufrieden sind. Ich bekam das oft zu hören, z. B. so: »Mit dem, was wir von der Gemeinde für dich bekommen, können wir dir nicht auch noch neue Hosen kaufen.« Ich hatte immer nur alte, geflickte Kleider an und musste die gebrauchten Schuhe der zwei älteren Söhne tragen. Auch konnte ich jederzeit

aus der Schule zur Arbeit abkommandiert werden, z. B. wenn Heuet war.

Meistens musste ich am Morgen eine Stunde früher aufstehen, um die Ziegen zu melken, und wurde abends oft noch zum Putzen in den Stall geschickt, statt dass ich meine Aufgaben machen konnte. So wurde ich kein guter Schüler. Ich hätte aber gerne mehr gelernt.

Neben dem Küchentisch, an dem meine Pflegeeltern mit ihren beiden Söhnen assen, gab es noch ein niedrigeres Tischchen. Das war mein Platz. Meine Portionen waren kleiner als die für den grossen Tisch. Wenn ein zweites Mal geschöpft wurde, dann nur für die andern. Ich hatte ständig Hunger. Manchmal ass ich sogar etwas aus dem Schweinetrog, wenn ich die Schweine füttern musste.

Der Bauer war jähzornig. Wenn er dreinschlug, konnte es zwar manchmal auch seine zwei Söhne Konrad und Alfons treffen, aber meistens traf es mich. Die Söhne schoben denn auch gerne die Schuld auf mich, wenn etwas schiefging. »Es war der Bub«, sagten sie. Niemand sagte Marcel zu mir.

Wo ich Hilfe suchen sollte, wusste ich nicht. Einmal, als man beim Turnen meine Striemen vom Lederriemen auf dem Rücken sah, fragte der Lehrer, woher ich die habe. Ich sagte, vom Vater, da fragte der Lehrer, wofür. Ich gab zur Antwort, für nichts.

Das werde ja nicht sein, sagte der Lehrer, ich müsse mir

einfach Mühe geben, immer zu gehorchen. Aber der Lehrer war selbst ein Prügler und schlug mir mit dem Lineal auf die Finger, wenn ich einen Tintenfleck ins Heft gemacht hatte. Und wenn ich die Hausaufgaben nicht gemacht hatte, musste ich vor der Klasse auf ein Holzscheit knien.

Einmal behielt mich der Pfarrer nach der Christenlehre zurück und fragte mich, warum ich so verstockt sei und nie etwas sage. Ich antwortete, wenn der Heiland wirklich helfen würde, würde er mich aus dieser Familie wegnehmen. Dem Pfarrer fiel nichts anderes ein als die Aufforderung, mehr zu beten und ein gottgefälliges Leben zu führen.

Der einzige Mensch, bei dem ich manchmal ein bisschen Trost fand, war Elsa, die Schwester meiner Pflegemutter Mathilde. Sie wohnte im selben Haushalt und steckte mir ab und zu einen Apfel oder ein Stück Brot oder etwas Schokolade zu, aber nur, wenn es niemand sah.

So war es also: Der Bauer hasste mich. Seine zwei Söhne hassten mich. Meine Pflegemutter hasste mich vielleicht nicht, aber sie tat nichts, das meine Lage verbesserte. Und Elsa, die nur geduldet war, weil sie zu ihrer Schwester gehörte, war nicht stark genug, um offen zu meinen Gunsten aufzutreten.

Dann kam dieser Sonntagsausflug. Man ging auf den Großen Mythen, einen steilen Berg in der Innerschweiz.

Er sieht unbesteigbar aus, aber es führt doch ein Fusspfad hinauf. Man hatte mich nur mitgenommen, damit ich nicht allein zu Hause blieb und etwa hinter die Vorräte ging. Die Mutter wartete mit Elsa in der Wirtschaft am Fuss des Berges, und der Vater ging mit den Söhnen und mir hinauf. Sein Tempo konnten wir alle fast nicht mithalten.

Als er nach einer der vielen Wegkurven stehen blieb und uns anbrüllte: »So, ihr fuule Sieche, mached e chli!«, schlug ihm Konrad die Faust ins Gesicht. Der Vater taumelte, glitt aus und rutschte am Rand des steilen Wegs mir entgegen. Ich versuchte, ihn am Bein zu halten, aber er hatte das Gleichgewicht schon verloren. Ich musste ihn loslassen, und der Bauer fiel über die Felswand in die Tiefe. Alfons rannte sofort hinunter zur Bergwirtschaft, wo eine Rettungskolonne alarmiert wurde.

Der ältere Sohn, Konrad, der zugeschlagen hatte, behielt mich zurück und sagte: »Du hast nichts gesehen, hörst du? Der Vater ist ausgerutscht. Ein Wort von dir, und es geht dir gleich wie ihm.«

Es dauerte einige Stunden, bis der Verunfallte tot geborgen werden konnte. Ein Bergführer musste sich bis zu dem Absatz abseilen lassen, auf dem er lag.

Den Faustschlag hatte niemand sonst gesehen. Aber es gab einen Zeugen, der gerade um die Wegbiegung kam, als ich das Bein des Pflegevaters losliess. Der Bezirks-

anwalt kam zusammen mit der Rettungskolonne und befragte uns über den Hergang. Ich sagte, der Vater sei ausgeglitten und auf mich zugerutscht, und ich habe ihn halten wollen. Das stimme nicht, sagte Konrad, Vater habe zu mir hingehen wollen, weil ich nicht schnell genug gegangen sei, und da habe ich ihn einfach am Bein gepackt, und deswegen habe Vater das Gleichgewicht verloren und sei hinuntergestürzt. Ich war entsetzt. Ich weinte und sagte, ich habe ihn nur halten wollen. Der Zeuge sagte zwar, das mit dem Packen habe er nicht gesehen, nur dass ich ihn am Bein hielt, aber natürlich sei alles eine Sache von Sekunden gewesen. Ich war damals 15, es kam zu einer Verhandlung vor dem Jugendgericht, die keine Klärung brachte. Ich sagte nichts vom wirklichen Hergang, man hätte mir das ohnehin nicht geglaubt. Verurteilt wurde ich nicht, aber trotzdem kam ich in ein Heim für schwer erziehbare Jugendliche.

Solche Heime wurden damals meist von Sadisten geleitet. Meines bildete keine Ausnahme. Man behandelte uns alle als Kriminelle, schlug uns und sperrte uns beim geringsten Anlass bei Wasser und Brot in eine Dunkelzelle. Gut, dachte ich, dann werde ich eben kriminell. Einmal fragte ich, wo eigentlich meine Dokumente seien, ich wüsste gern, wer meine Eltern gewesen sind. Die Auskunft war: Da musst du deinen Amtsvormund fragen. Diesen Vormund hatte ich bis jetzt erst zwei-

mal gesehen, einmal bei seiner Ernennung auf dem Vormundschaftsamt nach dem Tod des Pflegevaters, das zweite Mal, als er nach einem Jahr für fünf Minuten zu Besuch in die Anstalt kam. Ich schrieb ihm einen Brief mit der Frage nach meinen Dokumenten und erhielt die kurze Antwort, die bekomme ich, wenn ich zwanzig sei, und vorher gingen sie mich nichts an.

Von dem Moment an begann ich, meine Flucht zu planen.

Ab und zu erhielt ich von Tante Elsa ein Paket mit einigen Esswaren. Das musste ich aber immer mit den andern teilen. Einmal besuchte sie mich, und ich durfte mit ihr allein eine Stunde unter den Bäumen des Vorplatzes zusammensitzen. Da erzählte ich ihr die Geschichte vom Tod des Ziehvaters, wie sie sich wirklich abgespielt hatte. Tante Elsa fuhr mir mit der Hand über den Kopf und sagte nur: »Armer Bub.«

Mehrmals musste ich zur Strafe an einem Samstagnachmittag, wenn die andern Fussball spielen durften, in der Wäscherei arbeiten. In einem grossen Spind wurden unsere privaten Kleider aufbewahrt. Da gelang es mir, ein Hemd, eine Hose und eine Jacke meiner Grösse zu entwenden und unter meiner Matratze aufzubewahren.

Es hatte schon mehrere Ausbruchsversuche von anderen gegeben. Alle ohne Erfolg. Gewöhnlich waren sie von der Feldarbeit abgehauen, und wenn man sie nicht so-

fort einholte, wurden sie nach kurzer Zeit irgendwo in der Umgebung gestellt.

Ich machte eine Schlosserlehre, das war eine der zwei Möglichkeiten in der Anstalt. Die andere war Schreiner, was mir lieber gewesen wäre, doch dort waren die Lehrplätze schon alle besetzt. Mein Auge hatte ich von Anfang an auf die Schlösser gerichtet, und so gelang es mir in der Nacht vor Pfingsten, vom Gang auf die Toilette nicht mehr zurückzukommen und die Anstalt durch die geschlossene Lieferantentüre zu verlassen. Es war auch kein Problem, eines der abgeschlossenen Fahrräder aus dem Schuppen davor zu entwenden. Ich zog mir in aller Ruhe die Anstaltskleider aus und die gestohlenen Privatkleider an. Dann klemmte ich die Anstaltskleider auf den Gepäckträger und fuhr ein Stück in die entgegengesetzte Richtung von Uster, bis ich zu einem kleinen Fluss kam, in den ich sie hineinwarf. Dann kehrte ich um und fuhr nach Uster. Mit Hilfe meiner Kenntnisse und einer Taschenlampe, die ich aus dem Werkschrank der Schlosserei genommen hatte, drang ich in das Gemeindehaus ein. An das Büro der Vormundschaftsbehörde erinnerte ich mich. Sorgfältig öffnete ich die abgeschlossenen Aktenschränke. Unter dem Buchstaben »W« fand ich die Mappe »Wyssbrod Marcel«. Ich wickelte sie in ein Handtuch, das im Gang neben dem Brünnlein vor dem WC hing, ging damit wieder hinaus, klemmte es auf den Gepäckträger und fuhr in Richtung Rapperswil davon.

Sehr gelegen war mir die Kasse gekommen, die ich im Schreibtisch gefunden hatte. Ich hatte daraus etwa zweihundert Franken genommen, ohne die grossen Scheine darin anzurühren.

Mein Ziel war Frankreich. Ich hatte im wenigen Unterricht, den man uns gewährte, mit Eifer die zweite Landessprache gelernt, weil ich zum ersten Mal einen Lehrer hatte, der mir etwas zutraute. So radelte ich nach Zürich, wo ich gegen fünf Uhr morgens eintraf. Dort liess ich mein Velo am Bahnhof stehen und löste ein Billett nach Genf. Ich liess einen Rucksack mitlaufen, der unbeaufsichtigt vor dem Raum mit der Fahrkartenausgabe stand, und bestieg einen Frühzug nach Bern. Im Rucksack fand ich, als ich meine Dokumente darin versorgte, neben einem Picknick auch eine Mütze. Ich setzte sie mir sogleich auf, und nun war ich ein normaler Pfingstausflügler. In Bern stieg ich in den Zug nach Genf um, schlief kurz ein und erwachte wieder beim Anblick des Lac Léman, der mir unwahrscheinlich gross vorkam.

In Genf orientierte ich mich an einer grossen Karte der Umgebung am Bahnhof und wechselte fast mein ganzes Geld in französische Francs. Dann nahm ich einen Bus nach Veyrier und marschierte unbehelligt auf einem Wanderweg zum Mont Salève über die Schweizer Grenze. Am Abend ass ich in einem Landgasthof, wo ich auch ein billiges Zimmer nehmen konnte.

*Nach dem Essen setzte ich mich an den kleinen Tisch in meinem Zimmer und nahm meine Dokumente aus dem Rucksack. Ausser meinem Geburtsschein fand ich keinen Ausweis, der mir bestätigte, dass es mich gab. Meine Mutter hiess Anna-Maria Wyssbrod, mein Vater war unbekannt. Im Vormundschaftsbericht sah ich dann, dass meine Mutter mich mit 18 Jahren geboren hatte und ich »trotz heftigen Widerstands der Mutter« als Säugling von ihr weggenommen worden war, wegen »Gefährdung durch liederlichen Lebenswandel«.
Als ich das las, musste ich meinen Kopf auf den Tisch legen und hemmungslos weinen. Ich hätte eine Mutter gehabt, ich war gar kein Waisenkind. Woher wollten die wissen, dass sie mich nicht hätte aufziehen können? Wo war sie? Ich war 17, also war sie erst 35, wenn sie noch lebte. Aber wieso sollte sie nicht mehr leben? »liederlicher Lebenswandel« – hiess das nicht einfach, dass sie ein uneheliches Kind zur Welt gebracht hatte, aber sonst vollkommen gesund war? Sollte ich wieder umkehren und sie suchen? Bestimmt wusste sie auch, wer mein Vater war.
Die Verhandlung vor dem Jugendgericht mochte ich nicht lesen. Als ich im Bericht aus der Erziehungsanstalt las, ich lerne gut und mit Fleiss, war ich einen Moment freudig überrascht, bis ich las, ich sei aber bockig und verstockt, Aussichten: ungünstig. Empört und ratlos schlief ich irgendeinmal ein.*

Am andern Morgen war mein Entschluss rasch gefasst: Keine Rückkehr in die Schweiz, dieses elende und hundsgemeine Land, in dem ich keine Chance hatte. Bevor ich meine Eltern gefunden hätte, hätte man wohl mich gefunden, und dann käme ich wahrscheinlich in die Festung Aarburg oder sonst wohin, von wo es kein Entrinnen mehr gab. Und vielleicht war meine Mutter inzwischen verheiratet und hatte eine Familie und hätte überhaupt keine Freude, wenn ich plötzlich auftauchte. Am Ende würde sie mich wieder in die Anstalt schicken. Ab jetzt, sagte ich mir, gab es nur noch mich selbst, Marcel Wyssbrod, und ich musste mein Leben ganz und gar allein in die Hand nehmen.

Ich hatte ein solches Pech gehabt in meinem bisherigen Leben, dass ich ab jetzt Glück haben wollte, das hatte ich zugut.

Dieser Gedanke war für mich wie eine grosse Befreiung. Nach dem reichlichen Frühstück, das mir die freundliche Wirtin aufstellte, brach ich frohgemut auf, nach Marseille. Im Flur des Gasthofs hing eine Karte von Frankreich, und ich hatte mir die nächsten Stationen gemerkt, Annecy, Chambéry, Grenoble, hatte sie mir sogar aufgeschrieben, denn im Rucksack fand sich ein Bleistift und ein kleiner Notizblock.

Weit reichte mein Geld nicht mehr. Das Picknick im Rucksack, ein Landjäger, ein Stück Käse, zwei Eier und ein halber Laib Brot, eine halbe Schokolade und zwei

Äpfel, war auch bei sparsamem Gebrauch bald aufgezehrt. Also versuchte ich es mit Autostop. Ab und zu nahm mich ein Lieferwagen mit. Ich fragte bei Bauern, ob ich beim Heuen helfen könne. Ich bekam zu essen und ein Nachtlager, blieb manchmal zwei oder drei Tage und verdiente sogar etwas Geld.

Gut brauchen konnte ich zwei Sätze aus dem Französisch-Lehrbuch, über die wir immer gelacht hatten: »Je fais un voyage. Je veux voir la France.« Das war für uns in der Anstalt etwa so weit weg, wie wenn wir gesagt hätten, wir fliegen auf den Mond.

Und noch ein Satz war ganz gut: »J'ai commencé un apprentissage«. Ich hatte ihn ein bisschen umgeändert in »J'ai fini un apprentissage«. Das stimmte zwar nicht, aber es machte die ersten beiden Sätze etwas wahrscheinlicher. Das gab es doch wohl, dass man nach der Lehre eine kleine Reise machte, bevor man eine Stelle antrat.

Marseille hatte ich in fünf Wochen erreicht, ohne ein einziges Mal kontrolliert worden zu sein, vielleicht war einer wie ich zu unwichtig für einen internationalen Haftbefehl.

Im Hafen von Marseille versuchte ich möglichst zielbewusst herumzugehen, als hätte ich etwas ganz Bestimmtes im Sinn. Das hatte ich auch, ich suchte ein Schiff nach Kanada, auf dem ich anheuern konnte. Als ich den Pier gefunden hatte, an dem zwei kanadi-

sche Frachtschiffe angelegt hatten, hielt mich einer von der Hafenaufsicht an und fragte mich, was ich wolle. Ich nahm allen meinen Mut zusammen, zeigte auf die Schiffe und sagte, man brauche mich dort, »ils ont besoin de moi.«

Ob ich der Heizer sei, fragte mich der Aufseher, »c'est toi, le chauffeur?« Als ich nickte, ohne das Wort genau zu verstehen, wies er mich zum Schiff »St. Lawrence 2«. Dort war ein Heizer mit einer Blinddarmentzündung ausgefallen, und das Schiff sollte in derselben Nacht auslaufen. Man nahm mich, ohne viel zu fragen. Der erste Heizer wies mich in seine Arbeit ein, die ich rasch begriff. Ich war Kohleträger, Kohleschaufler, Temperaturableser, Blasbalgbursche, »Gangmerlängmerholmer«, wie man in der Schweiz für einen sagte, der alles machen musste, was ihm befohlen wurde. Und ich machte alles, ich arbeitete um mein Leben. Meine Arbeitskollegen nützten mich aus, wo es ging, es war mir egal. Ich musste eine Kajüte irgendwo im Unterdeck mit drei andern teilen, die mich bei jeder Gelegenheit schikanierten. Das erste Ziel des Frachters war Argentinien, wo Ladung gelöscht und neue Ladung für Kanada aufgenommen werden musste. Der erste Sturm, von dem das Schiff geschüttelt wurde, zeigte mir, dass mir die Seekrankheit nichts anhaben konnte. Es war, wie wenn mich die gewonnene Freiheit davor schütze. Als es einen meiner Zimmerkollegen erwischte, der erst zum zwei-

ten Mal auf See war, brachte ich ihm Suppe und Tee ans Bett. Ich half ihm, die durchgeschwitzte Wäsche zu wechseln und putzte das Gekotzte auf. Von da an wurde ich besser behandelt.

Einmal berichtete ein Mechaniker, er sei zum ersten Schiffsoffizier gerufen worden, weil ein Schlüssel zu einem Dokumentenschrank verloren gegangen sei. Es sei ihm verdammt noch mal nicht gelungen, das Schloss zu öffnen, der Lohn wäre eine Flasche Whisky gewesen. Da fragte ich ihn, ob er mich zum Offizier bringen könne, damit ich für sie alle die Flasche hole. »Je suis serrurier«, sagte ich, »ich bin Schlosser.«

Ich durfte mit ihm nach oben in die Offizierskombüse, schaute mir das Schloss an und besorgte mir dann beim Mechaniker in der Werkstatt die Werkzeuge, die ich brauchte. Nach einer halben Stunde hatte ich das Schloss geöffnet, ohne irgendetwas zu beschädigen.

Der Offizier hielt sein Versprechen. Ich brachte die Flasche nach unten. Sie machte nun die Runde. Als sie zu mir kam, musste ich nach dem ersten Schluck furchtbar husten, und die andern lachten wieder einmal über mich. Trotzdem war ihr Respekt vor mir gestiegen.

Es dauerte sechs Wochen, bis wir in Montréal eintrafen. Schon während der Überfahrt war klar geworden, dass man mich gar nicht hätte an Bord nehmen dürfen. Es passierte aber offenbar immer wieder, dass sich die verantwortlichen Mannschaftsoffiziere über die Vorschrif-

ten hinwegsetzten, damit sie eine Personallücke schliessen konnten. Der Offizier, dem ich das Schloss geöffnet hatte, hatte an mir Gefallen gefunden und erwirkte beim Immigrationsoffizier des Hafens, mit dem er befreundet war, dass ich einen temporären Aufenthalt bekam, bis der Frachter in fünf Tagen wieder auslaufen sollte. Er gab mir auch den Tip, mich beim Mannschaftsoffizier der St.Lawrence-Schiffahrt zu melden. Für den gab er mir eine Empfehlung mit, zusammen mit dem Tip, mich nicht mehr bei der Hafenimmigration sehen zu lassen. Einen Pass könne ich mir bestimmt beim Schweizer Konsulat besorgen, und bei guter Arbeit und gutem Leumund werde ich mich in ein paar Jahren einbürgern lassen können.

Allerdings mied ich das Schweizer Konsulat ebenso wie die Hafenimmigration. Doch ich bekam tatsächlich eine Stelle als Hilfsmechaniker bei der St.Lawrence-Passagierschiffahrt. Bald hatte ich einen entsprechenden Ausweis samt einem Foto, und lebte, wenn ich nicht unterwegs war, mit andern zusammen in einer Baracke der Schiffahrtsgesellschaft. Wie legal oder wie illegal oder halblegal das war, war mir nicht klar. Von meinem Lohn wurde jedenfalls etwas für die Pensionskasse abgezogen, für die ich ebenfalls einen Ausweis bekam. Überhaupt sammelte ich soviele Ausweise und Arbeitszeugnisse, wie es mir möglich war. Ich machte auch zusätzliche Kurse und Ausbildungen in Schiffahrtstechnik.

Ich schloss immer sehr gut ab. Mit all diesen Dokumenten, die ich zu meinem Geburtsschein legte, gelang es mir Anfang der sechziger Jahre, als Kanada noch ein wirkliches Einwandererland auf der Suche nach guten Arbeitskräften war, kanadischer Staatsbürger zu werden, ohne dass die Schweiz mit ins Spiel kam. Auch meinen Namen konnte ich bei dieser Gelegenheit mit wenig Formalitäten der neuen Heimat anpassen. Ich nannte mich nun Martin Blancpain.

Im Lauf der Jahre stieg ich zum Kapitän auf. Ich unternahm keinen Versuch, mit der Schweiz wieder in Kontakt zu treten. Ich hatte mich ja von dort mit einer Reihe ungesetzlicher Handlungen verabschiedet. Einmal jedoch war eine Reisegruppe der Kirchgemeinde Uster auf dem St. Lawrence River unterwegs und bat mich, wie das gelegentlich vorkommt, eine Postkarte als Kapitän zu unterschreiben. Da sah ich, dass diese an Elsa Schwegler in Uster gerichtet war. Ohne meine Schweizerdeutschkenntnisse zu verraten, fragte ich scherzhaft, wie es denn Madame Elsa gehe, worauf man mir sagte, sie sei krank geworden, sonst wäre sie auch mit auf die Reise gekommen. Darauf legte ich die Hand an meine Mütze und sagte, »Alors, saluez Madame Schwegler de ma part!«, und das versprach man mir. Nach ein paar Tagen fragte ich bei der internationalen Telefonauskunft nach und rief Tante Elsa an. Sie glaubte zuerst an einen Scherz, aber dann erkannte sie

meine Stimme wieder. Ich erzählte ihr, wie es mir seit meiner Flucht ergangen war und fragte sie dann, ob sie die wahre Geschichte des Unglücks am Mythen je weitererzählt habe. Elsa verneinte und sagte, für ihre Schwester wäre es furchtbar, wenn sie wüsste, dass einer ihrer Söhne am Tod ihres Mannes schuld sein könnte. Ich bat sie, dies auch weiterhin für sich zu behalten. Auch solle sie bitte niemandem sagen, dass es mich noch gebe.
Seit da rufe ich sie jedes Jahr einmal an. Sie hat bald darauf geheiratet, einen Witwer aus Zürich. Sie ist meine einzige Verbindung zum Land, aus dem ich herkomme.

Montréal, 14. Juni 1977

Nachtrag 22. Sept. 2012

Heute Nacht um 3h hat mich Tanti angerufen. Mathilde Meier ist gestorben. Die Beerdigung ist nächsten Mittwoch in Zürich.
Ich kann nicht mehr einschlafen.
Wenn ich da hingehe, kann ich Tanti noch einmal sehen.
Konrad und Alfons leben noch.
Ich muss mit ihnen über die Vergangenheit reden.

Isabelle legte das Heft hin und blickte zum Fenster hinaus zu den Hochhäusern, über welche ein Herbststurm dicke Wolken trieb.

Sie würde das Heft für Véronique übersetzen, selber, Satz für Satz. Und dann würde sie das hinzufügen, was sie seither noch erfahren hatte.

Sie hatte Martins Mutter nochmals besucht und sie nach dem Namen des Bauern gefragt, der ihr damals das Kind gemacht hatte.

»Meier«, sagte sie, »Christian Meier in Uster.«

Anna-Maria Berthod-Wyssbrod war inzwischen umgezogen, in ein Einzelzimmer mit Blick auf den See. Ja, sagte sie, das habe sie verlangt. Damit sie sehe, wenn Marcel, der Kapitän, mit seinem Schiff komme, um sie abzuholen.